Antonia Baum

Tony Soprano stirbt nicht

Hoffmann und Campe

1. Auflage 2016
Copyright © 2016 by
Hoffmann und Campe Verlag, Hamburg
www.hoca.de
Einbandgestaltung: Sarah M. Hensmann
© Hoffmann und Campe Verlag
Autorenfoto: Mathias Bothor/photoselection
Satz: Dörlemann Satz, Lemförde
Gesetzt aus der Chaparral
Druck und Bindung: Friedrich Pustet, Regensburg
Printed in Germany
ISBN 978-3-455-40572-9

Ein Unternehmen der
GANSKE VERLAGSGRUPPE

Es war Mitte Februar, und ich beeilte mich. Die Stunden und Tage waren Listen, die ich rauf und runter kletterte. Konnte ich die Augen nicht mehr offenhalten, schlief ich, um am nächsten Tag gegen die nächste Liste antreten zu können und die nächste, auf die eine weitere folgte. Auf irgendeiner Liste stand auch eine Handtasche von Céline, aber ich konnte sie mir nicht leisten. Trotzdem: Es lief gut, ich lief, aber die Tage waren schneller. Plötzlich waren es nur noch wenige Wochen, bis mein zweiter Roman erscheinen würde. Es geht darin um drei Kinder, die von ihrem Vater großgezogen werden; es geht um Autos, Überleben und Geschwindigkeit und um diese eine Nacht, in der der Vater verschwunden ist und die Kinder Angst haben, dass ihm etwas passiert ist.

Es soll nun um die Zeit gehen, in der jene Kinder zu mir kamen, um mich auszulachen und mit dem Finger auf mich zu zeigen. Die Zeit, in der die Stunden keine Sprossen mehr hatten, sondern nur noch Kunstnebel waren.

1

Der Unfall war am Montag, den 16. Februar um 07:50. Um 10:31 rief mich mein Onkel an. »Weißt du schon, was passiert ist?«

So oder so ähnlich fragte er und holte tief Luft, als ihm klar wurde, dass ich es (was? um Gottes Willen, was denn?) noch nicht wusste.

»Dein Vater ist heute Morgen verunglückt.«

Natürlich. Natürlich er. Wer sonst? Wie sollte mich das überraschen?

Es überraschte mich. Und es war nicht er, an den ich in den Sekunden, die zwischen dem Luftholen meines Onkels und dem darauffolgenden Satz lagen, zuerst dachte. Warum dachte ich nicht an meinen Vater, wenn ich doch immer an ihn dachte, wenn es um Unfälle ging? Ich dachte nicht an ihn.

Vor etwas mehr als zwölf Stunden hatte ich ihn umarmt, ihm gesagt, dass er vorsichtig fahren solle, und als er aufstand, um die Kneipe, seine Stammkneipe in Charlottenburg, endgültig zu verlassen, hatte ich ihn ein weiteres Mal umarmen wollen, weil ich das immer tue, wenn er geht. Ihn ein weiteres, vielleicht letztes Mal fest umarmen, was mir an jenem Abend jedoch nicht gelang. Wir verpassten uns auf merkwürdige Weise, das heißt, mein Körper steuerte auf seinen zu, aber der war schon woanders, vielleicht gerade damit befasst, Peter, dem Mann hinter der Bar, zuzuwinken, jedenfalls weiß ich noch, wie mir auffiel, dass es mir nicht gelang, meinen Vater wie immer noch ein Mal (ein letztes Mal) zu umarmen, und ich weiß außerdem, wie ich daran dachte, dass er davon nichts bemerkt hatte und dass er, selbst wenn er es bemerkt hätte, nicht gewusst hätte, was es damit auf sich hat. Nämlich, dass ich ihn (wie immer) ein letztes Mal umarmte, damit ich ihn wiedersehen würde. Dass die Umarmung aus diesem Grund wichtig war. Dass sie Sicherheitsgründe hatte und der Prävention eines Unfalls diente. Nach der verpassten Umarmung hatte ich kurz überlegt, ob sie vielleicht ein schlechtes Zeichen war, diesen Gedanken aber schnell verworfen. Weil ihm nie etwas passierte.

Aber daran dachte ich nicht, als mein Onkel anrief. Ich weiß nicht, woran ich dachte. (Und warum ist die Frage, woran man denkt, wenn man eine Nachricht bekommt, die alles ändert, wichtig? Weil eine Antwort darauf nachvollziehbar machen könnte, wie es ist, Nachrichten zu bekommen, die alles ändern? Weil der Empfänger der Nachricht verstehen möchte, was passiert ist? Weil er nach einer Struktur sucht, einer Logik?)

Mein Onkel sagte, dass mein Vater nach einem schweren Motorradunfall auf der Intensivstation liege. Mein Onkel (Arzt) zählte die Verletzungen auf: Schädelhirntrauma, Gehirnblutungen. Gegenwärtig könne niemand sagen, was das bedeute. (Was das bedeutet? Um nach der Bedeutung von etwas zu fragen, braucht man doch so etwas wie einen Zusammenhang, in dem sich die Bedeutung entfalten kann. Also, wovon reden wir hier?) Mein Onkel erklärte den Zusammenhang, aber ich verstand nichts und sah mir dabei zu, wie ich nichts verstand und »ja« sagte. Außerdem: Verletzung der Aorta (an dieser Stelle erklärte mir mein Onkel den Aufbau der Aorta, der Hauptschlagader, wie ich mich versicherte), was zu Komplikationen (Komplikationen, im Fremdwörterbuch steht dazu: Verschlimmerung eines Krankheitszustandes) an Nieren und Leber führen könne. Außerdem: Lendenwirbelbruch, Brustbeinbruch, Brüche im Mittelgesicht (Mittelgesicht?).

Als Tochter eines Arztes, als Tochter meines Vaters zumal (*Wir müssen die Nerven behalten, mach nicht so ein Theater.*) bin ich geübt darin, in ernsten Situationen sachlich und nüchtern zu bleiben, und auch im Gespräch mit meinem Onkel war ich genau das: sachlich und nüchtern, denn so bin ich in ernsten Situationen. Ich behalte die Nerven, ich mache kein Theater. Das Gespräch mit meinem Onkel dauerte sieben Minuten und dreiundfünfzig Sekunden, und ich weiß nicht, warum es mir wichtig scheint, das aufzuschreiben.

Danach rauchte ich eine Zigarette und weinte ein bisschen, ruhig und gefasst allerdings, und dabei dachte ich, dass nun das passiert war, worauf ich immer gewartet hatte, und dass es bestimmt nicht so schlimm kommen würde (hatte mein Onkel, der seine Worte stets sachlich wählt und nicht übertreibt, wirklich »schwer verletzt« gesagt?), weil mein Vater immer irgendwie davonkam. Das ist die *Story of His Life*, die Prämisse, darum geht es, ging es, seit ich denken kann. Dass für ihn langweilige physikalische Gesetze oder körperliche Grenzen nicht gelten. Aber vielleicht, dachte ich, als ich die Zigarette hastig ausdrückte, kriegen wir jetzt die Rechnung, und rannte ins Schlafzimmer, um irgendetwas zu tun, das mir nicht mehr einfiel, als ich dort war.

Der Unfall passierte nicht in Berlin. Er passierte sechshundert Kilometer entfernt, morgens, nachdem mein Vater am Abend zuvor seine Berliner Stammkneipe verlassen, die Nacht durchgefahren und sich auf den Weg in seine Praxis gemacht hatte. Nachdem wir uns in der Kneipe getroffen hatten, in der wir uns immer treffen, wenn er hier ist. Wie immer sah er ein wenig ramponiert aus. Bart und Haare grau und in alle Richtungen abstehend. Falten, viele Falten (*Du weißt ja, dass ich in meinem Leben noch nie irgendeine Creme gebraucht habe. Völlig überflüssig!*). Hemd ungebügelt, Hose ausgebeult. Wir, meine Brüder, mein Vater und ich, saßen beisammen und bestellten. Wie immer registrierte er genau, wer was bestellte, um am Ende des Essens genau zu wissen, was auf der Rechnung stand. Ich wollte Bratkartoffeln statt Pellkartoffeln und teilte dies der Kellnerin mit. Die Kellnerin entgegnete, dass sie dafür einen Euro extra berechnen müsse. »Kein Problem«, sagte ich, was mir etwas mehr als zwölf Stunden danach leidtun sollte, das heißt: Eigentlich tat es mir bereits kurz nach dem Aufwachen leid, noch bevor ich von dem Unfall erfuhr. »Kein Problem, ich bezahle es ja«, sagte mein Vater. Um ihn zu besänftigen, lächelte ich ihn an. Wie immer. Und streichelte ihm über den Arm.

»Und, wie läuft es mit deinem Roman? Ist der schon draußen?«, fragte er später. »Nee, der ist noch nicht draußen. Und wenn er draußen ist, kaufst du ihn!«, sagte ich beleidigt. Später, als die Rechnung kam, wirkte dann er beleidigt. Wie immer saßen wir beisammen und warfen uns unverbindliche Sätze und Scherze zu. Wir und er, wir waren einfach nicht verbunden, das heißt, doch, wir waren es, und was uns verband, das waren auch an jenem Abend die unverbindlichen Sätze, die Scherze, die bekannten Geschichten. Wie immer hatte ich ein schlechtes Gefühl, wenn ihm eine längere Fahrt bevorstand. Wie immer dachte ich daran, wie wir, meine Geschwister und ich, ihn auf Nachtfahrten angeschrien hatten, damit er die Augen offen hielt. Denn er schlief eben manchmal ein.

Papa, mach die Augen auf!
Die sind offen!

Dann verabschiedete er sich. Dann die verpasste Umarmung. Dann, etwa zwölf Stunden später, der Unfall. Dann der Anruf.

Ich rannte durch die Wohnung und überlegte, was zu tun war. Ich versuchte, meine kleine Schwester zu erreichen, meine Brüder. Ich weinte bei dem Gedanken, meiner kleinen Schwester sagen zu müssen, was los war, die – das wusste ich – zu jenem Zeitpunkt gerade beim Karneval war, als Pirat verkleidet. Und dass sie, verkleidet und mit der schlimmen Nachricht im Kopf, durch die Karnevalsmassen nach Hause rennen und – bis wir, meine Brüder und ich, die sechshundert Kilometer zurückgelegt haben würden, die unser Vater gestern Nacht zurückgelegt hatte – ganz alleine sein würde. Ich wusste nicht, ob die Szene, die mich in diesem Augenblick zum Weinen brachte, meiner ganz eigenen Phantasie entsprang oder der Strategie, nach der man einen Plot baut (etwa so: *Die weinende Schwester in den Karnevalsmassen ist ein gutes Bild, um dem Zuschauer die Dramatik zu veranschaulichen, das funktioniert, das nehme ich*). Ich zog mich an. Ich hatte Angst und mir war kalt, aber so war es immer mit ihm gewesen.

Später erzählte mir meine Schwester, dass es kaum möglich gewesen sei, sich einen Weg durch die Karnevalsmenschen hindurch zu bahnen. Dass sie geweint habe, sagte sie nicht. Sie sagte, dass sie sich, als sie endlich in ihrer

Wohnung angekommen war, zu allererst den roten Piratenlippenstift aus dem Gesicht gewischt habe.

Natürlich dachte ich, als ich mit meinen Brüdern im Auto saß, um zu meinem Vater zu fahren, daran, dass die Geschichte, unsere Geschichte, perfekt wäre, wenn wir drei auf dem Weg zu unserem verunglückten Vater nun ebenfalls verunglücken würden. Das würde Sinn ergeben. Dass uns der Verkehr, der unsere Familie seit jeher bedroht hatte, nun endgültig kriegen würde. Ich schüttelte heftig den Kopf und sagte mir, dass es so nicht funktionierte, dass es nirgendwo jemanden gab, der sich darüber Gedanken machte, ob Lebensverläufe Sinn ergeben, und der auch noch darauf Einfluss nehmen kann. Die Einzigen, die versuchen, einen Sinn herzustellen, dachte ich, sind die Betroffenen, bin ich, sind wir. Ich schnallte mich trotzdem nicht an. Denn uns passierte nie etwas.

»Glaubt ihr wirklich, dass er keine Schuld gehabt hat?«, fragte ich meine Brüder, die vorne saßen. Einer der beiden hatte bei der Polizei angerufen, die ihm gesagt hatte, dass ein 29-jähriger Mann in einem BMW meinen Vater beim Wechsel von der linken auf die rechte Spur übersehen hatte. Als wir von dem Unfall gehört hatten, waren wir sicher gewesen, dass es die Schuld unseres Vaters gewesen sein musste. Übernächtigt, zu schnell, zu riskant, irgend so etwas. Was die Polizei sagte, passte nicht mit der Geschichte zusammen, die wir schon vor dem Unfall kannten und tausend Mal durchdacht hatten.

»Vielleicht hat er mal wieder zu schnell rechts überholt?«

Vielleicht.

»Vielleicht ist er zu schnell gefahren?«

Möglich. Er fährt zu schnell, wann immer er kann.

»Ich frage mich, welchen Helm er aufhatte. Den weißen, ohne Visier?«

»Dann kann man sich auch einen Kochtopf aufsetzen!«

»Vielleicht hat er jetzt Gehirnblutungen, weil er so einen schlechten Helm aufhatte.«

Weil er immer an allem gespart hat. Weil ihn das Sparen am Ende umbringt. Das hätte einen Sinn ergeben, das wäre eine mögliche Prämisse gewesen.

»Es tut mir leid, dass ich ihn sofort verdächtigt habe, schuld zu sein.«

»Das haben wir doch alle gedacht.«

»Aber so kommt es mir besonders tragisch vor.«

Weil der Unfall, der ihn entmachtet hatte, ein unspektakulärer Unfall in der Tempo-50-Zone war, an dem er nicht einmal Schuld hatte? Weil das keinen Sinn ergab? Nicht für unseren Vater, der immer spektakulär Auto gefahren ist?

Ich sah aus dem Fenster in die Dunkelheit. Wenn uns auf der Gegenfahrbahn Lastwagen entgegenkamen, sah das durch die beschlagene Scheibe schön aus. Wie fahrende Häuser. Autobahn. Zu Hause.

Ich habe im Grunde mein Leben auf Autobahnen verbracht, mit meinem Vater, der in seinen Autos gelebt hat und weiter leben wird, dachte ich, mit Ausrufezeichen. Sitz ganz nach hinten, Rückenlehne ganz flach, der kleine Finger am Lenkrad. »Willst du ein paar Haribo?«, fragte er uns, wenn wir Hunger hatten, und daran erinnerten wir uns gemeinsam, jetzt, als wir zu ihm fuhren, auf der Autobahn, und lachten. Er hatte auf Autofahrten immer eine Tüte Haribo in der Brusttasche, um uns zu versorgen. Denn er wollte nicht zu McDonald's, weil er McDonald's bescheuert und zu teuer fand. Stattdessen Haribo. Gibt es bei Aldi, krümelt nicht, lässt sich in der Brusttasche verstauen. Und so – das ist entscheidend – und letztlich doch vollkommen anders hatte ich es aufgeschrieben in meinem letzten Buch, nach dessen Erscheinen er mich vor etwa 24 Stunden gefragt hatte und das er vielleicht gar nicht mehr lesen würde. Und genau wie in dem Buch waren wir jetzt zu ihm unterwegs, meine Geschwister und ich, und so dachte ich, als wir über die Autobahn fuhren, es gebe vielleicht doch irgendjemanden, der dafür zuständig ist, dass die Dinge Sinn ergeben. Aber das dachte ich nur kurz.

Wir machten Scherze. Über die Eigenarten unseres Vaters, über alles, was sich anbot. Darf man Scherze machen, wenn einer, den man liebt, in Lebensgefahr ist? Und was ist das für eine pflichtschuldige Frage? Wem gegenüber sieht man sich in der Pflicht, wenn etwas Schlimmes passiert ist? In Filmen starren Menschen, die eine schlimme Nachricht erhalten haben, meist irgendwohin und ihre Unterlippe zittert und sie sagen nichts. Tränen fließen, Taschentücher werden verbraucht.

Wir machten Scherze.

In einem Film wäre die Tatsache, dass wir Scherze machten, ein Hinweis auf irgendeine Dysfunktionalität in der Familie. Aha, in dieser Familie versuchen die Beteiligten also, die Trauer wegzuscherzen, da stimmt vermutlich etwas nicht, und was, das wird dem Zuschauer im Laufe der Handlung noch mitgeteilt. »So ein Gipskopf«, sagte mein Bruder, als ein Autofahrer vor uns nicht blinkte, als er die Spur wechselte. Wir lachten. »Gipskopf«, das wäre der Ausdruck meines Vaters gewesen. »Aber Papa wechselt doch auch ohne zu blinken die Spur.« Wir lachten wieder. Wir hörten laut Rapmusik, alles, was wir früher als Teenager gehört hatten. Method Man und Redmen, Public Enemy, Q-Tip, Westberlin Maskulin, Pete Rock. Rapmusik hilft, hilft immer, weil in dieser Musik angetreten wird, um zu kämpfen. Keiner legt sich hin und weint. Man stellt sich gerade hin und kämpft ums Überleben.

Er muss das überleben. Er muss unbedingt wieder aufwachen, dachte ich. Und zum hundertsten Mal, dass nun exakt das passiert war, was ich immer befürchtet hatte, und wie das Scheinwerferlicht eines rasenden Autos sauste mir der Gedanke durch den Kopf, dass es meine Schuld war, weil ich den Vater im Buch ständigen Gefahren ausgesetzt, ihn aber immer wieder hatte davonkommen lassen. Ich dachte, dass mein Vater mir für immer fehlt, egal, ob tot oder lebendig. Aber wenn er jetzt einfach nur schliefe, dann bestünde Hoffnung, dann könnte ich mir einreden, es wäre anders, das heißt besser, wenn er wieder wach würde. Romy, das Mädchen aus meinem Buch, verstand lange vor mir, dass sie den Tod ihres Vaters besonders deswegen fürchtete, weil dieser Tod ihre Hoffnung riesengroß und unerträglich hätte werden lassen. Die Hoffnung darauf, dass er sich doch irgendwann zum Guten verändert hätte, wenn er nur nicht gestorben wäre.

Bei McDonald's war alles wie immer. Wir hatten die Hälfte der Strecke geschafft und warteten in der Schlange. Das gleiche Licht, der gleiche Boden, überall. Leute bissen in ihre Cheeseburger und warfen sich Pommes in den Mund. Leute holten sich Servietten, gemächlich und ruhig, Leute gingen zur Toilette, an deren Tür ein Papier befestigt war, das dokumentierte, wann sie das letzte Mal sauber gemacht worden war. Und jeder hier würde später irgendwohin nach Hause gehen, und jeder hier hatte Menschen, die angerufen werden würden, wenn sein Kopf in einer Weise beschädigt wäre, die alles weitere offen ließ. Alles wie immer, alles gleich, dachte ich und kaute, dabei war nichts wie immer. Die Leute sollten nach Hause gehen. McDonald's sollte dicht machen. Der Typ gegenüber sollte aufhören, seinem Freund vom Wochenende zu berichten. Das war nicht wichtig. Man musste dem Leben doch irgendwie ansehen, dass gerade etwas grundlegend anders war, dachte ich und guckte aus mir heraus, und ich vermute, dass ich dabei vollkommen normal aussah.

»Verkehr« ist ein egales Wort ohne jede Ambition. Höre ich das Wort, sehe ich Straßenschilder auf langen Hälsen, die sich für gar nichts interessieren. Ein gefühlloses, ein immer untertriebenes und gleichgültiges Wort. »Verkehr« hat nichts mit der Gewalt zu tun, die mich schon immer bedroht hat. Sie ist riesig, sie ist unberechenbar, sie wird von meinem Vater regiert. Wenn wir über die Autobahn fuhren, mein Vater am Steuer, meine Mutter daneben und wir Kinder hinten. Wenn meine Mutter sich am Griff in der Beifahrertür festkrallte und beim Ausatmen den Namen meines Vaters hervorstieß, was sich anhörte wie das Zischen eines Ventils. Wenn ich gespannt nach vorne sah und hoffte, dass mein Vater nun bitte langsamer fahren würde, damit es keinen Streit gab. Als wir uns die Kinderbeine am Auspuff seines Motorrads verbrannten. Die Werkzeuge im Kofferraum, immer dabei, die Instrumente meines Vaters. Wagenheber, Inbusschlüssel, Schraubenzieher, Einweghandschuhe, die er niemals nur einmal benutzte. Diese merkwürdige Weise, der Welt entgegenzutreten. Mit Werkzeugen. Mit dem Willen, sie zu reparieren. Zu bearbeiten. Zu bezwingen. Wenn wir mit dem Auto irgendwo liegenblieben und er es anschob, indem er eine Autotür öffnete, mit der rechten

Hand lenkte, mit der linken Hand die offene Autotür hielt und sein Gewicht gegen das Auto stemmte. Mein Papa ist so stark, dass er ganz alleine ein Auto schieben kann, dachte ich als Kind. Als sich einer von uns auf eines der Motorräder setzte und es umfiel, weil es ein Selbstgebautes war und der Ständer nicht richtig funktionierte, und als meine Mutter nach draußen stürmte, weil ein Kind unter dem Motorrad lag. Als es in Strömen regnete, der Scheibenwischer nicht ging, noch mehrere hundert Kilometer vor uns lagen und mein Vater ständig einschlief. Aber es passierte nie etwas, nichts Schlimmes, und ich wusste als Kind, dass mein Vater allein die Macht hatte, den Verkehr zu regieren.

Gut, vielleicht war der Verkehr manchmal gegen ihn. Bei dem Fahrradunfall, steile Serpentinen, Rennrad. Das Bein eines Kindes geriet in die Speichen und mein Vater landete auf dem Gesicht. Ein bisschen Nase fehlte, aber es ging weiter. Er ruhte sich nicht einmal aus. Der Motorradunfall vor etwa zehn Jahren. Bei 120 Stundenkilometer. »Da musste ich kurz absteigen.« Er erzählte es mir Wochen später am Telefon. Ein Bein war an der Seite offen. »Wahnsinniges Glück gehabt.« Und gerade im vergangenen Sommer war er mit blutenden Beinen und Wunden an den Händen zu mir ins Büro gekommen. Er hatte einem Auto die Vorfahrt genommen.

»Wahnsinniges Glück gehabt.«

»Tut es sehr weh?«

»Geht.«

Der Verkehr hatte meinen Vater bislang nie besiegen können. Warum jetzt? Wer wollte mir damit etwas sagen, und mit wem redete ich überhaupt? Wer wurde hier wofür bestraft? Im Polizeiticker stand, dass der Mann, der die rechte Spur gewechselt und dabei meinen Vater übersehen hatte, vor 29 Jahren geboren wurde. Da war mein Vater 34 Jahre alt. Was hat er in dem Moment gemacht, als der Mann geboren wurde? Und warum stellte ich mir solche Fragen? »Wir erzählen uns Geschichten, um zu leben.« Dieser tausendfach zitierte Satz ist von Joan Didion und ich kannte ihn, als ich mit meinen Geschwistern zu meinem verunglückten Vater fuhr, aber ich hatte ihn bis dahin nicht begriffen. Auf der Autobahn begann ich seinen Sinn zu erahnen.

Wir versuchen in dem, was uns passiert, einen Sinn zu erkennen.

Als ich in der Nacht sein geschwollenes Gesicht sah, den deformierten Kopf, die blau angelaufenen, geschlossenen Augen, die Wunden auf Stirn und Nase, den Beatmungsschlauch, die Magensonde, die Geräte, die rings um ihn herum standen, als ich all das sah, nachdem wir im Krankenhaus ankamen, hatte ich mich längst auf Schlimmeres vorbereitet und nahm die Situation, diesen Mann, meinen Vater, nur in seinen Einzelteilen wahr, als Summe seiner zerstörten Teile, die eben jene Situation ergaben, in der er war. In der er lag. Das war nicht mein Vater. Mein Vater rannte zu diesem Zeitpunkt irgendwo durch die Gegend und entschied Dinge, reparierte Kaputtes, telefonierte. Das hier war ein Zimmer, in das man reingehen, das man aber auch wieder verlassen konnte. Eine Schublade, irgendwo auf der Welt, die wieder zugemacht werden konnte, dachte ich in jenem Moment, als ich an dem Krankenbett stand, eine Schublade, ganz und gar losgelöst von den Geschäften und Vorgängen, die das tägliche Geschehen sind. So sind Krankenhäuser. Große Schubladen. In die all jene einsortiert werden, die, aus welchen Gründen auch immer, an dem, was draußen geschieht, nicht mehr teilhaben können. In Krankenhäusern werden Menschen repariert. Kästen voller Krankenbetten, Kästen voller Dinge, um die Menschen in den Krankenbetten am Leben zu halten. Kleine, eigenständige Städte, in denen andere Gesetzmäßigkeiten gelten.

Intensivstation, er lag auf der Intensivstation. Tony Soprano, der Gangsterboss aus meiner Lieblingsserie, hatte auch schon auf der Intensivstation gelegen und war wieder gesund geworden. Sein dummer seniler Onkel hatte ihn in den Bauch geschossen. Seine Familie, Meadow, Anthony Junior, Carmela, sie alle waren natürlich sofort gekommen. Wie wir. Wie sie standen wir jetzt ratlos vor den Geräten und wussten nicht, was es bedeutete, wenn eine der bunten Kurven sich plötzlich veränderte. Und wie sie konnte ich das Bild meines starken Vaters nicht mit dem ohnmächtigen Menschen zusammenbringen, der da lag und beatmet wurde. Ich hielt seine Hand und sagte ihm, dass ich da sei. Wie die

Sopranos es auch tun, als Tony im Krankenhaus liegt. Sie sagten, dass es gut sei, mit Tony zu sprechen, und dass er das sicher hören könne, also sagte ich auch etwas. Es war alles wie in der Serie, nur dass wir nicht so laut weinten, als wir an seinem Bett standen. Ich weinte und war auf eine merkwürdige Weise erleichtert, weil weinen das ist, was man am Krankenbett eines geliebten Kranken tut, weil wenigstens das planmäßig verlief. Es war das Richtige (*the right thing to do*). Dabei konnte ich in jener Situation am Bett meines verletzten Vaters (noch mal: unmöglich, kann nicht sein) nicht sagen, ob ich es war, die weinte. Die Situation spielte irgendwo, aber nicht da, wo ich war, sie war irgendwo in einem Kasten, den man wieder zumachen konnte, wie einen Laptop vielleicht. Wie in der Serie nahm ich mir vor, am nächsten Tag ein Buch mitzunehmen, um es meinem Vater vorzulesen.

Wir gingen über den Krankenhausflur, vielleicht, um eine Zigarette zu rauchen, vielleicht, weil wir das Zimmer verlassen mussten, weil die Schwester irgendwas mit ihm vorhatte. Wir gingen also über den Krankenhausflur, stundenlang, stundenlang saßen wir am Bett meines Vaters, stundenlang gingen wir über den Flur. Krankenhausflure sind wie fahren ohne Zeit und Geschwindigkeit. Das Summen, das grelle Licht, das sich in dem glänzenden Boden spiegelt, dass es keine Fenster gibt (wenigstens auf meinen Krankenhausfluren gab es sie nicht), dass die Besetzung gleich bleibt und sich scheinbar immer gleiche Szenen wiederholen, die man Szenen gar nicht nennen kann – Menschen laufen durchs Bild. Blau und eilig.

Krankenhausflure sind der Ort, an dem man leicht zu glauben beginnt, es gebe irgendwo eine Instanz, die einem Streiche spielt, böse Streiche. Jemand, der dir sagt: Yo, Schatzi, ich weiß, bisher hast du geglaubt, es laufe so-und-so (und hier kann jeder eintragen, was er glaubt, auch wenn es der Glaube ist, man glaube gar nichts und auch wenn das nie stimmt), aber es läuft leider anders. Krankenhausflure, merkte ich, als ich den blauen Geistern beim Huschen zusah, sind der Ort, an denen man die Bereitschaft entwickelt, sich mit Instanzen zu unterhalten. Zunächst war es vielleicht nur eine Bereitschaft, aber dann musste ich mich unterhalten. Über die immer gleichen Fragen. Hat der Helm ihn überhaupt schützen können? Ist er zu schnell gefahren? War der Fahrradunfall im letzten Sommer eine Vorankündigung? Hatte der Unfall etwas mit seiner Übermüdung zu tun? Wie sehr war er selber schuld? Wird er überleben? Was ist, wenn er nicht überlebt? Was wäre das für eine Gemeinheit? Wie falsch ist in diesem Zusammenhang das Wort »Gemeinheit«? Und wie richtig, denn ich hatte, ohne es mir einzugestehen, doch immer gehofft, dass wir, er und ich, uns irgendwann mal verstehen würden. Also noch mal: Ist es seine Schuld gewesen? Ich muss das wissen, damit ich weiß, ob das passiert ist, worauf ich immer gewartet habe. Ob meine Prämisse stimmte. Meine Version der Story. Wird er Schäden im Gehirn behalten und wenn ja, ist das die Quittung, also das, was man bei Geschichten die Moral nennt? Und wenn keine Schäden bleiben sollten, was würde das für die Moral bedeuten? Würde ich dann anfangen, an das Gute zu glauben? Wäre ich trotz der vielen Beispiele, die das Gegenteil beweisen, wirklich dazu bereit? Liegt das daran, dass ich ein Mensch bin und mein Leben für besonders halte? Wie schaffen es all jene, ihr Leben für besonders und wichtig zu halten, denen eine Katastrophe nach der anderen widerfährt? Tsunami, Ebola, IS, Massaker, Mittelmeer. *Wie schaffen sie es, in dem, was ihnen passiert, einen Sinn zu erkennen?* Welche Geschichten erzählen sie sich?

Bereits am Morgen nach dem ersten Besuch bei meinem Vater öffnete ich meinen Rechner und begann zu schreiben. Ohne Absicht, und natürlich fragte ich mich mit einem schlechten Gefühl, ob ich das hatte, eine Absicht. Ob ich schrieb, um zu veröffentlichen. Ob ich ein Vampir war. Ob ich schrieb, um dem Roman, der in wenigen Wochen veröffentlicht werden würde, etwas entgegenzusetzen, jenem Roman, in dem es um drei Kinder geht, die sich ständig davor fürchteten, ihren Vater zu verlieren. Ob ich schrieb, weil ich es gewohnt war, beim Schreiben die Kontrolle über das zu haben, was passiert. Du schreibst mit Blut, dachte ich, und ich schrieb weiter.

2

Die Ärztin, mit der wir zuerst sprachen, war sehr hübsch und zart. Ich saß zwischen meinen Geschwistern und hörte nicht, was sie sagte, ich dachte nur darüber nach, dass sie hübsch sei und zart und dass ihre Art zu sprechen damit nicht zusammenpasste. Ein Zimmer weiter ertönten Alarmzeichen. Die Ärztin sprach lauter, (es ist notwendig, dass Ärzte innerhalb kürzester Zeit einen kleinen Kasten ausbilden, der vor ihrem Gehirn hängt, damit sie ihre Arbeit tun können. Der Kasten installiert sich von allein. Er macht, dass sie langsam und deutlich sprechen, denn aufgeregte Angehörige, zumal jene auf Intensivstationen, sind meist in Angst und haben aus diesem Grund Verständnisprobleme. Sie wollen alles ganz genau wissen, sie wollen Prognosen und Sicherheiten, die die hübsche Ärztin uns jedoch nicht geben konnte, was man nicht persönlich nehmen darf, wie man das Leben grundsätzlich nicht persönlich nehmen sollte, und das habe ich mir bereits so oft gesagt, dass ich langsam müde werde und keine Lust mehr habe, denn es hilft überhaupt nicht), die Ärztin sprach mit tiefer Stimme, sie senkte ihren Kopf und sah uns dabei fest in die Augen, um sich zu versichern, dass das Gesagte in unseren Köpfen angekommen war. Sie wirkte, als wollte sie uns mit der Funktion versorgen, die es dem menschlichen Kopf erlaubt, mit schwierigen Scheißsituationen umzugehen, wobei ihr anzusehen war, dass sie jenen Versuch ständig unternehmen musste und dass sie davon ausging, eine Menge über die Funktionsweise von schwierigen Scheißsituationen und insbesondere Menschen in schwierigen Scheißsituationen zu wissen.

»*Nun*«, begann sie (Nun? Kein Mensch sagt ernsthaft »nun«, das sagen nur Ärzte, Anwälte und Polizisten in deutschen Synchronfassungen amerikanischer Filme, aber vielleicht sagte sie aus genau diesem Grund »nun«, und es war wieder so, als würde sich jemand über mich lustig machen. In einer Geschichte von mir hätte niemand »nun« gesagt, und wenn, dann wäre er ein Arschloch gewesen, aber diese Ärztin hier war kein Arschloch, sie war so etwas wie mein Chef), »*die Unsicherheit ist für Angehörige schwer auszuhalten. Ich weiß, in was für einer schweren Situation Sie gerade sind.*«

Ihr Telefon klingelte. Ein anderer Fall, bei dem es um Leben und Tod ging. Der Kasten sprach, und ich bewunderte ihn. Sie war vielleicht zwei oder drei Jahre älter als ich. Daran, dachte ich, erkennt man, dass man erwachsen ist. Dass Menschen, die so alt sind wie man selbst, einem plötzlich sagen, wo es langgeht.

»Glauben Sie, dass er nicht so schwer verletzt wäre, wenn er einen Helm mit Visier getragen hätte? Sein Helm war nämlich eigentlich gar keiner«, fragte einer von uns.

Die Ärztin schüttelte den Kopf, entschlossen, und dennoch sah sie müde aus. Als hätten wir die falsche Frage gestellt und als würde sie sich, wieder einmal, dafür wappnen, der Fehlannahme (Macht zu haben), von der Menschen grundsätzlich ausgehen, entgegenzutreten. Mit fester, tiefer Stimme, müde zwar, aber energisch, immer wieder.

»Es ist, wie es ist. Versuchen Sie nicht, nach Gründen für den Unfall und die individuellen Entscheidungen Ihres Vaters zu suchen. Das bringt nichts.«

Bitch.

So ein Schwachsinn.

Mein Vater und ich hatten uns verpasst, als ich ihn umarmen wollte. Was war denn dafür der Grund? Mein Vater ist immer gefahren wie ein Schwein, er ist gut gefahren, er hat mich etwa zwei Mal pro Woche von der Praxis aus angerufen, ohne sich dabei wirklich mit mir zu unterhalten, er konnte extrem witzig sein und war verrückt danach, Sachen wieder zu reparieren – was ist denn der Grund für all diese Dinge, das heißt genau: Warum machen wir das alles, und welcher Mensch fragt sich das nicht? Da kann diese Frau doch nicht einfach kommen und sagen: *Das bringt nichts.*

Seit wann ist es denn üblich, dass das Leben etwas

bringt? Und was wäre los, wenn irgendeiner wirklich darauf bestehen würde? Dann wären wir doch alle tot.

»Natürlich werden Sie nie aufhören können, sich diese Fragen zu stellen.«

Sie konnte keine Prognosen abgeben. Die 32 Ärzte, mit denen wir danach sprachen, ebenfalls nicht. Jeder von ihnen hatte einen Kasten vor dem Kopf installiert, verständlicherweise, und keinem konnte man hinter die Augen gucken. Sie waren vorsichtig mit Prognosen, sie waren absolut keine Geschichtenerzähler.

Wer Geschichten erzählt, muss am Anfang wissen, wo das Ende liegt. Wer Geschichten erzählt, baut sich zunächst ein Gerüst, und dafür muss man rechnen können. Geschichtenerzähler laufen umher und saugen Details auf, um sie schließlich in das Gerüst zu gießen. Sie aufzustapeln, anzuordnen, einzureißen und wieder neu aufzubauen. Lange sah ich den Unterschied zwischen einer Geschichte und dem, was in den Tagen und Nächten (*Life*) passiert, nicht. Auf dem fahrenden Krankenhausflur ohne Zeit und Geschwindigkeit, an dessen Ende mein Vater im künstlichen Koma lag, bekam ich vielleicht eine Ahnung davon.

Wir standen an seinem Bett und lachten leise. Weil wir uns eine Situation vorstellten, in der unser Vater das und das gesagt hätte. Schlaff lagen seine Hände in unseren. Der Monitor mit den Kurven piepte (Blutdruck etwas

zu hoch, nicht so schlimm), ich sah in sein Gesicht, ich
sah den Tubus und die Schläuche, ich hörte das Pumpen
des Beatmungsgeräts, sah seine wunden Lippen, die ge-
schwollenen Beine und Hände, und hatte plötzlich das
Gefühl, nichts mehr zu hören. Genauso wie ich das Gefühl hatte, nichts mehr zu hören (natürlich hörte ich
etwas, mein Bruder hatte uns ja wenige Sekunden zuvor
darauf aufmerksam gemacht, dass der Blutdruck etwas
zu hoch sei), hatte ich nicht das Gefühl, dass der Mann,
der in Zimmer 5, Etage 3 lag, mein Vater war. Natürlich
wusste ich, dass er es war. Aber ich hatte keine Gewiss-
heit darüber, was mir Angst machte. Ich war ruhig, ich
lachte mit meinen Geschwistern (über seine Redewen-
dungen, darüber, dass er sofort aus dem Krankenhaus
ausreißen würde, wenn er könnte, und was er wohl den
Pflegern erzählen würde, wenn er wüsste, dass er an den
Armen fixiert war). Wir lachten und holten unseren Vater
zurück, der nicht da war, und ich dachte wieder, dass ich
vermutlich nicht mehr alle Tassen im Schrank hatte, weil
mein eigenes Buch mich verarschte. Das Buch, in dem es
um drei Kinder geht, die auf ihren Vater warten, ihr ganzes Leben lang, und die ihn während des Wartens am Leben erhalten, indem sie sich Geschichten über ihn erzählen, indem sie seine Wörter benutzen und seine Scherze
machen.

Er lag da und war nicht da. Gerade gestern, als ich mir
das Gesicht wusch und dann in den Spiegel sah, hatte ich
seine Anrufe (für gewöhnlich am Anfang und am Ende

der Woche) vermisst und mich eine Sekunde lang gefragt, wann er wohl wieder anrufen würde.

»Na, du Ungeheuer?«

»Hallo Papa.«

»Bist du in deiner Company?«

»Ja.«

»Mit deinem roten Fahrrad?«

»Ja«.

»Hast du gutes Wetter?«

»Na ja. Und Du?«

»Bin auch seit sieben in der Company und versuche hier alles richtig zu machen.«

Das würde doch jetzt bitte, bitte nicht einfach aufhören. »Das Leben ändert sich schnell. Das Leben ändert sich in einem Augenblick. Man setzt sich zum Abendessen, und das Leben, das man kennt, hört auf«, schreibt Joan Didion in *Das Jahr des magischen Denkens*. Aber daran glaubte ich nicht. Vielleicht hatte jemand kurz auf Pause gedrückt. Auf Pause, im Krankenhaus, wo Leute nun mal pausieren.

Ich war immer davon ausgegangen, dass einfach alles so weitergehen würde. Für immer, wenngleich ich natürlich wusste, dass auf dieser Welt von morgens bis abends Leute beerdigt werden. Dennoch: der schmerzhafte, anstrengende Aufstieg, das manchmal hoffnungsvolle Klettern nach oben, ich dachte, das bleibt alles einfach so. Lass die Tage, Wochen, Monate fliegen, du hast genug davon, alle haben genug davon, jetzt muss erst mal geklettert werden, so dachte ich. Mir hat das Klettern nie besonders viel Spaß gemacht, das Zur-Seite-Räumen von Steinen, das Warten in der Kälte, die Blasen an den Füßen und dass man immer fallen konnte (aus der Schule, Verträgen, Arbeit, Freundschaften, aus der Liebe). Ich wollte mich immer hinlegen und schlafen, und mir fehlte der Glaube, dass es oben gut sein würde. Ich glaubte, dass dieser Aufstieg für immer dauern würde, dabei war er voller Zeichen, die sagten, dass wir alle auch irgendwie wieder nach unten kommen mussten, zur Erde.

Denn daran, dass Menschen, die so alt sind wie man selbst, einem Handlungsanweisungen geben, merkt man, dass Zeit vergangen ist. Daran, dass Eltern Knieprobleme haben und sich bequeme Fernsehstühle anschaffen. Daran, dass Freunden, mit denen man eben aus einer Bar gestolpert ist und von der Morgensonne geblendet wurde, auf dem Hinterkopf die Haare ausfallen. Daran, dass die Verkäuferinnen bei Douglas einem Anti-Aging-Pflege verkaufen wollen. Daran, dass Freunde Kinder bekommen.

Als ich dreißig wurde, war mir das vor meinen Eltern ein bisschen peinlich.

Denn welche Zumutung muss es sein, die eigenen Kinder alt werden zu sehen? Jene Kinder, die sich so lange wie möglich wie ein Kind benehmen möchten, also lange in Bars sitzen und keine Kinder bekommen wollen. Und wahrscheinlich macht das die Zumutung, die eigenen

Kinder altern zu sehen, noch viel unerträglicher. Ein Kind mit grauen Haaren, von roten Äderchen durchzogener Haut und Falten unter den Augen ist eine Schreckensgestalt.

Schon als Kind fand ich das Konzept von harter Arbeit (für den Aufstieg) und dem Genuss der Früchte dieser Arbeit erst dann, wenn man wieder verfällt, unlogisch (ein Kinderwort) und brutal (vielleicht will auch ich mich für immer wie ein Kind benehmen, vielleicht bin auch ich eine solche Schreckensgestalt). Der Glaube an harte Arbeit, Entbehrung und dass es nur gut ist, wenn es weh tut. Ich dachte, wenn das so ist, sollte man lieber liegen bleiben und schlafen, wenngleich ich fast immer aufgestanden bin. Ich bin die Tochter meines Vaters.

Mein Vater war immer für den Aufstieg, noch bis vor wenigen Tagen hatte er seine Füße in den harten Boden des Berges gestoßen. Pausen gab es nicht.

Wenn das Telefon klingelte und er sagte:

»Na, du Ungeheuer?«

»Oh, du hörst dich aber nicht gut an.«

»Bisschen Grippe.«

»Fieber?«

»Bisschen.«

»Wie hoch?«

»So 39,5.«

»Du musst ins Bett!«

»Vielleicht mache ich das heute Abend mal. Ich muss hier jetzt noch ein Knie und eine Wirbelsäule befunden.«

Ich wollte sein Leben ändern, und jetzt, da er in diesem Krankenhausbett lag und aussah, als würde er schlafen, schien die Erfüllung dieses lebenslangen Wunsches plötzlich in Reichweite zu sein. Denn ich wollte ihn immer schlafen legen, ihm gutes Essen geben und die Heizung aufdrehen. Einen Urlaub buchen. Aber das war nicht, was er wollte. Er wollte Sachen reparieren und Siege feiern. Über seinen Körper, über Autos und Motorräder, über Behörden. Wenn ein Auto nicht ansprang, sah ich seine großen Hände in den Eingeweiden unter der Motorhaube hantieren. Stundenlang, und meistens war es kalt, weil Autos oft nicht wollen, wenn es kalt ist. Auf dem Beifahrersitz sitzend, rieb ich mir die Hände, weil ich dachte, seine müssten kalt sein. Dabei war mir kalt.

Ich sah ihm bei dem Versuch zu, die Welt so einzurichten, wie sie für ihn richtig war, und ich fragte mich, woher er die Kraft dafür nahm, warum er das machte, was das sollte – 63 Jahre klettern und kämpfen. Jetzt lag er da und konnte nicht selbstständig atmen und sprechen. Ich überlegte mir, was er jetzt gesagt hätte, hätte er etwas sagen können.

»Papa, hörst Du mich?«

»Natürlich höre ich dich.«

»Aber du liegst doch im Koma!«

»Klar liege ich im Koma, das musst du mir wirklich nicht erklären. Irgendwann werde ich schon wieder aufwachen.«

Und er schlief und schlief, und wir wussten nichts und machten Scherze.

Also, mal angenommen, eines von uns Kindern hätte keine Beine mehr:

»*Du hast keine Beine mehr?*«

»*Scheiße, Papa, das siehst du doch!*«

»*Ja, das sehe ich.*«

»*Und jetzt?*«

»*Ich bin sicher, dass du spätestens übermorgen wieder läufst, als sei nichts gewesen.*«

»*Das ist unwahrscheinlich!*«

»*Glaube mir, das geht!*«

So war mein Vater (habe ich gerade schon wieder »war« geschrieben? In Filmen über den Tod hätte sich die Hauptdarstellerin an dieser Stelle auf die Lippe gebissen und sich seufzend korrigiert, was dann als der ultimative Beweis für die Grausamkeit des Todes, die Unmöglichkeit, damit umzugehen, und seine sachkundige Darstellung gelten soll). Die Ärzte sagten und sagten, sie könnten nichts sagen, und dennoch lief ich weiter in der Annahme durch die Tage und Krankenhausflure, dass mein Vater wieder aufwachen und sein würde, wie vorher. Sollte sein Körper nicht mehr aufwachen können, ich hätte es ihm niemals erlaubt.

Er hatte mir auch niemals erlaubt, liegen zu bleiben und etwas nicht zu können. Das Fleisch spielte keine Rolle, das Fleisch wird bezwungen, das heißt, wer krank ist, wird gesund, ob es ihm nun passt oder nicht.

Also, dein Kopf ist ab, und gefragt, wie es dir geht, antwortest du: So la-la.

Vielleicht war ich deswegen an manchen Krankenhaustagen geistig brutal, brutal zu ihm. Streng und ungeduldig. Weil er schon wieder werden würde, aber einfach nicht wieder wurde und sein (und mein) Prinzip plötzlich kaputt und schlaff in einem Krankenhausbett am Tropf hing. Jetzt reiß dich doch mal zusammen, dachte ich, du bist ja zu nichts zu gebrauchen. Wir haben doch nicht ewig Zeit.

3

Wir gingen jeden Tag zu ihm. Ins Nichts, wo man nichts mehr hört und nicht weiß, ob es heute, gestern oder morgen ist. In den Wartezimmern saßen täglich traurige Leute. Mit der Zeit kannte ich sie und ihre Geschichten. »Immer die gleichen«, sagte eine Frau, die schwer atmend das Zimmer mit den orangefarbenen Stühlen betrat, um ihren Sohn (Autounfall) zu besuchen. Ich nickte und hörte ihren detailreichen Ausführungen über den Gesundheitszustand ihres Sohnes zu.

»Ich komme jetzt schon seit elf Wochen her.«

Der glänzende Boden, die Neonröhren an der Decke, die zerlesenen Zeitschriften aus dem letzten Jahr, die die Frau mit dem Sohn bestimmt schon alle kannte, die Gegensprechanlage. Auf einem weißen Tisch standen Plastikbecher und Wasserflaschen aus Plastik. Daneben Teebeutel und Zucker. »Heißes Wasser gibt es nicht«, erklärte die Frau mit dem Sohn vorwurfsvoll, und es war, als legte sie ihre ganze Wut über die Ungerechtigkeit des Schicksals ihres Sohnes in diesen Satz, und vielleicht, dachte ich, passierte ihr das häufiger. Wenn sie etwa sagte: »Morgen soll es regnen«, oder: »Schon kurz vor acht. Gleich kommen die Nachrichten.«

Ich zählte die Stühle im Wartezimmer und biss mir in die Hand, wobei mir einfiel, dass Romy, die Protagonistin meines zweiten Romans, das auch macht, als sie im Krankenhaus sitzt und wartet. Oder biss sie sich auf die Lippe? Tat sie das wirklich im Krankenhaus? Kam Romy zu mir oder ich zu ihr? Sie saß auf dem orangefarbenen Plastikstuhl schräg gegenüber und biss sich in die Hand. Sie lachte. Sie lachte mich aus.

Sanity. Im Englischen beschreibt dieses Wort viel klarer, worum ich Angst hatte. Ich kann nicht sagen, warum dieses Wort besser ist, es ist ein Gefühl. Jedenfalls bekam ich Angst um meinen Verstand und dass er funktionierte.

Eine kleine alte Frau saß allein am anderen Ende des Wartezimmers und weinte. Ich sah sie an. Ein realer Körper zur Orientierung. Falten, Haut, die nach unten will, Tränen, die fallen, was mir in jenem Moment zeigte, dass physikalische Gesetzmäßigkeiten da waren und funktionierten. Sie presste sich ein Taschentuch vor das Gesicht, mit gekrümmten knochigen Fingern, so, wie Livia, die Mutter von Tony Soprano das auch tut. Sie schniefte. Ihr Sohn, sagte sie, sei gestern Abend gestorben. »Jetzt bin ich ganz alleine.« Ich setzte mich zu ihr und hielt ihre Hand.

Mit dreißig Jahren denkt man, alles ginge einfach so weiter.
Für immer.

Der Tod ist lästig, der Tod soll sich verpissen. Ja, auf der Welt wird gestorben, jeden Tag, aber müssen dann diejenigen, die zurück geblieben sind, denen etwas fehlt, die anderen Menschen stören, die mit dem Aufstieg befasst sind, die an den Aufstieg glauben? Ich meine, wovon reden wir? Von derart banalen Dingen wie Körperfunktionen? Von Dingen, die einfach funktionieren sollen, damit man sich den wichtigen Dingen zuwenden kann. Der Weltlage, den Nachrichten, dem Erreichen von Zielen durch mein Transportmittel, den Körper, dem ich zuführe, was als gut gilt. Viel Schlaf, Sport, Yoga zur Entspannung, gesundes Essen, zusätzlich ein paar Vitamine, hochwertige Cremes. Rauchen ist schlecht, ein Skandal tatsächlich, aber das kommt auch noch weg.

Es geht hier in Deutschland in der Regel um Unfälle oder versagende Körperfunktionen, um Krebs oder das Alter. Schussverletzungen, Bomben, Hunger und Epidemien sind die Ausnahme. Manchmal hatte mich die Art westlicher Probleme wütend gemacht, weil es nie wirklich um etwas zu gehen schien, obwohl da doch etwas war, das ich existentiell schrecklich fand und das ich zu fassen versuchte. Wahrscheinlich ist es genau jene Wut auf die Banalität der eigenen Probleme, die Menschen (hier in Germany) zynisch werden lässt. Ohne jedes Verhältnis zur Wirklichkeit, neidisch auf das Leid anderer, so ironisch, dass man fast nichts mehr sagen kann, ohne sich tausend Mal zu drehen. Vielleicht daher die Verachtung für ein paar kleine kaputte Körper, die sich nach unten neigen, zur Erde. Es ist eine Verachtung der Belanglosigkeit des Lebens in gesicherten Verhältnissen. Sie ist das Gegenteil von großzügig, diese Verachtung. Auch mir gelingt es oft nicht, das, was ich sehe, ernst zu nehmen. Denn meine begradigte gefahrenfreie Zone schmeckt nach nichts, sie riecht nicht, die Anwesenden vermeiden Zusammenstöße jeder Art peinlichst, die Menschen tragen Hochsicherheitshelme, was dazu führen kann, dass man sich als Schriftsteller jener Zone nicht mehr erlaubt, Dinge geschehen zu lassen, die in der begradigten gefahrenfreien Zone als unwahrscheinlich gelten würden. Wenigstens mir ging es so, als ich vor etwa zehn Jahren versuchte, meinen ersten Roman zu schreiben. Ich fand in dem Leben, das ich sah, keine Erzählung. Ich brauchte sechs Jahre, um diesen Roman zu beenden, und er spielte sich ausschließlich im Kopf der Protagonistin ab. Es fiel mir so schwer, weil ich mich und meine Zone nicht ernst nahm, ich verachtete beides. Ich traute mich zunächst nur, das zu schreiben, was innerhalb der Ordnung denkbar war. Ich will nicht darauf hinaus, dass es leichter ist, Geschichten zu erzählen, wenn es draußen knallt. Ich will keine Katastrophen mehr, aber früher habe ich sie mir gewünscht. Ich habe mir eine Erzählung für mein Leben gewünscht. Sinn, ganz einfach. Es ist abstoßend, sich Katastrophen zu wünschen, damit es wieder um etwas geht, damit man etwas fühlt, und völlig verrückt ist es, Katastrophen zu wollen, weil dann die Kunst besser wird. Es ist abstoßend, es ist das, was man dekadent nennt. Aber es ist da, zumindest die Suche nach einer Erzählung.

Mein Vater schmeckte nach Salz, und sein Haar roch nach Wind. Er ist ein Mensch, der in der gefahrenfreien Zone an sich nicht mehr vorgesehen ist. Er ist ständig auf die Erde geknallt, und seine Haut ist voller Narben. Das Motorrad, mit dem er am Montag den Unfall hatte, sah aus, als wäre es zusammengeschlagen worden. Aber es sah gar nicht so schlimm aus, nicht so schlimm wie er, als ich ihn im Krankenhaus sah. Das Motorrad war ein bisschen zerstört, aber das war er doch auch immer gewesen, genau wie alles, was er besaß. Als ich Fotos von dem Unfall sah, war es, als würde ich ihn ansehen. Sein Schlüssel mit dem Schlüsselbund, dem Schlüsselbund der tausend Schlüssel, die zu Tausenden von Zündschlössern gehören, steckte noch. Sein Motorrad hatte einen Sitz, der nicht zu dem Motorrad gehörte. Das Motorrad war silbern, aber ein paar Teile waren auch blau, weil es ein zusammengebasteltes Motorrad war, wie die meisten seiner Sachen zusammengebastelt sind. Die Einweghandschuhe, die neben dem Motorrad lagen, hatte er dabei, damit er es reparieren konnte, wenn es kaputt ging. Etwas weiter von dem Motorrad entfernt lag eine Tageszeitung. Jeden Morgen, bevor er sich auf sein Motorrad setzte, um zur Arbeit zur fahren, steckte er sich die zusammengefaltete Zeitung unter die Lederjacke vor die Brust. Wenn er mich dann später anrief, erzählte er von diesem oder jenem Artikel, und wir hörten einander nicht zu (und wie oft wünschte ich mir jetzt, ihm wieder nicht zuhören zu dürfen). Einige Tage nach dem Unfall fuhr ich zu der Stelle an der es passiert war, und fand die Zeitung, die er sich, bevor er losgefahren war, unter die Lederjacke gesteckt hatte. Es waren Blutflecken darauf. Verwischt, als wäre jemand aufgestanden und weggegangen. Ohne Absicht, ohne Nachricht.

Was wäre, wenn er einen anderen Helm getragen hätte? Warum so? Warum an einem Montag? Um acht Uhr? Was sollte uns das sagen?

Ich bin die Tochter meines Vaters, das heißt, ich bin eine außerordentlich gute Autofahrerin. Mein Vater hatte eine Scheune mit dreißig Oldtimern. Ich bin in Autos und auf Motorrädern aufgewachsen. Könnte ich es mir leisten, ich hätte einen Porsche 911, ein S-Klasse-Coupé aus der Baureihe 126 und einen Mercedes Jeep G-Klasse. Ich liebe Autos.

Tatsächlich habe ich beim Autofahren entsetzliche Angst. Dass der Verkehr meistens funktioniert und es, betrachtet man die Menge der Verkehrsteilnehmer, verhältnismäßig selten knallt, gehört für mich zu den unwahrscheinlichsten Dingen der Welt und ist mir, wann immer ich Auto fahre, ein Rätsel. Dass es Menschen überhaupt gestattet ist, ein Auto zu fahren, ist mir ein Rätsel. Dass Menschen sich trauen, ein Auto zu lenken, kommt mir größenwahnsinnig vor. Käme es einem Menschen in den Sinn, mit seinem Auto mehrere Menschen totfahren zu wollen, er könnte es jederzeit tun. Ginge es nach mir, wäre Autofahrer ein Beruf wie Lehrer oder Friseur. Die dümmsten Leute dürfen Auto fahren. Autos sind eckig, kleine Häuser aus Gummi und Metall. Sie fahren! Ein Mensch dagegen ist ein Ast, der darum bittet, zerbrochen zu werden. Und so fürchte ich beim Autofahren ständig, Menschen zu zerbrechen oder selbst zerbrochen zu werden. Ich kann mich auch nicht so schnell entscheiden, wie man das als Autofahrer können muss.

»Du musst den anderen klar signalisieren, was du vorhast!«, sagte mein Vater immer.

Dann nickte ich und dachte: *Aber ich weiß nicht, was ich vorhabe! Nichts ist eindeutig. Du tust immer so, als wären die Sachen eindeutig!*

Und dann, als ich einmal innerlich zitternd und äußerlich ruhig Auto fuhr und mich bei einem anderen Auto entschuldigte, das meine Antwort natürlich nicht hören konnte, schüttelte mein Vater, der neben mir saß, lange den Kopf und sah mich ratlos an. »Ich verstehe nicht, was mit dir los ist! Du musst dich nicht dauernd bei den anderen entschuldigen, du hast das gleiche Recht, auf der Straße zu sein, wie die!«

Was das angeht, haben wir uns nie verstanden.

Er übernahm dann das Steuer. Und ich sah ihm dabei zu, wie er den Verkehr regierte, mit dem kleinen Finger, wie einer, der nicht weiß, dass Menschen zerbrechen können.

Sein Brustbein war gebrochen, weswegen er nur flach atmete. Die Ärzte fürchteten eine Lungenentzündung. Gute Nachrichten wechselten sich mit schlechten ab, und mir waren die schlechten manchmal lieber, weil sie diese kleine, sekundenlange Erleichterung mit sich brachten, die sagte, dass schlechte Nachrichten meistens stimmten und man ihnen also vertrauen konnte, und wenn ich das dachte, biss ich mir auf die Lippe.

4

»Worüber schreibst du?«, fragte meine Schwester möglichst beiläufig, als sie das Zimmer betrat und mich vor meinem Rechner auf dem Bett sitzen sah. Sie hatte mich in den letzten Tagen häufiger schreiben sehen. Wenn ich in ein Zimmer geschlichen war und die Tür hinter mir zugemacht hatte, hatte sie gespürt, dass ich schreiben würde, genauso wie ich ihre Sorge hatte riechen können. Ich sah von meinem Rechner auf und zuckte mit den Achseln. Ich zögerte.

»Darüber.«

»Über das, was gerade passiert?«, fragte sie, und zog die Augenbrauen hoch.

(In Wahrheit war ich es, die ihr erzählte, dass ich *darüber* schrieb. Ich musste es tun, weil ich mich fühlte wie eine Diebin. Und in Wahrheit saß ich nicht auf dem Bett, wir standen nebeneinander in der Küche. Interessiert Sie das? Ich habe mich entschieden, meine Schwester die Frage stellen zu lassen, weil sie sie gestellt haben könnte. Ich habe mich entschieden, sie fragen zu lassen, weil die von Autoren geliebten Menschen von Autoren regelmäßig beklaut werden und sie im Zentrum dieser Passage stehen sollen. Viel wichtiger ist jedoch, dass es vollkommen egal ist, ob meine Schwester gefragt hat oder ich es ihr gesagt habe. Für das Leben meiner Schwester und für mich ist es egal. Für eine aufgeschriebene Geschichte und ihre Struktur und ihren Klang kann es aber von Bedeutung sein.)

Ich beantwortete ihre Frage mit einem Nicken.

»Wofür? Aber nur für dich, oder? Du schreibst kein Buch?«, fragte sie vorsichtig.

Ich nickte wieder. Ich konnte nicht sagen, ob das eine Lüge war. Sie verließ das Zimmer, ich sah ihr eine Weile nach (warum schreibe ich? Ich schreibe eben. Weil ich muss, weil ich nicht allein sein kann, weil ich Angst habe, weil ich herausfinden will, was passiert ist und was ich darüber denke; weil ich etwas gegen den Tod tun will), und ich schrieb weiter.

Ich schrieb jeden Tag. Nach dem Aufwachen, kurz vor dem Krankenhausbesuch und noch einmal vorm Schlafen. Während der Zugfahrten. Es war das Einzige, was mir gelang, sonst interessierte mich nichts. Und ich dachte manchmal sekundenweise, dass ich um das, was ich schrieb, genauso viel Angst hatte wie um meinen Vater, der inzwischen hohes Fieber hatte (Lungenentzündung). Wenn er nun plötzlich ganz gesund wird, kann ich nicht weiterschreiben, dachte ich und schämte mich. Und ich dachte weiter: Mag sein, dass du diesen Arschloch-Gedanken eben wirklich gedacht hast, aber du bist gerade so zerschmettert und zerstört, dass deine Gedanken nichts von deinen Gefühlen wissen und also ungültig sind. Dennoch: Wenn man schreibt, sammelt man. Man nimmt, was man kriegt.

Nachts konnte ich nicht schlafen, das erledigte ich tagsüber, stundenweise. Du bist ein Vampir am Bett deines Vaters, dachte ich und sah mir dabei zu, wie ich diesen Satz dachte, von dem ich mich fragte, wie wahr er war, und ob es sich bei ihm nicht zuerst um ein dummes Schriftsteller-Klischee handelte, und wenn ja, ob das irgendetwas daran änderte, dass ich mich bei meinen Menschen bediente. Oder ob ich diesen Satz nur dachte und schließlich aufschrieb, weil er mir gefiel. Joan Didion hat einmal geschrieben: »Denn eines sollte man niemals vergessen: Schriftsteller liefern immer jemanden ans Messer.« Ich glaube, dass dieser Satz stimmt, und ich glaube, dass ein Text nur gut ist, wenn er ehrlich ist, und das heißt eben häufig: Menschen ans Messer liefern. Wenn ich meinen Rechner aufklappte, um zu schreiben, hatte ich jenen Satz immer im Kopf. Ich zeigte meiner Familie nicht, was ich schrieb, und wahrscheinlich hätten sie auch überhaupt keine Kraft dafür gehabt, es zu lesen. Die Tatsache aber, dass meine Familie nicht mitlas, war, als würde ich schweigen, und dieses Schweigen war wie lügen und verraten.

Mein Vater schwieg. Er machte keine Angaben zum weiteren Verlauf, ich versuchte trotzdem zu planen, mit ihm, der da lag, mit geschlossenen Augen und Schläuchen überall, mit Geräten um sich, die seine Körperfunktionen überwachten.

Wann wirst du wieder aufwachen?

Wie wird es dir dann gehen?

Kann ich im Mai nach Griechenland fliegen?

Was glaubst du, wie lange es noch dauert, bis du mich wieder normal von der Praxis aus anrufst und wir die Gespräche führen, deren Ausgang wir schon vorher kennen?

Überlebst du das hier überhaupt?

Meinst du das ernst?

Pa-pa!

Tony Soprano stirbt nicht. Nach dem Schuss in den Bauch sah es vielleicht zeitweise so aus, als würde er nicht überleben, aber eigentlich wusste ich genau, dass er es schafft. Alle, die ihn kannten, wussten es. Wie sollte es auch ohne ihn weitergehen?

Gut, sein Tod wäre eine überraschende Wende gewesen, ein unerwarteter Ausgang, der dem Zuschauer plausible und sicher auch befriedigende Schlüsse zu ziehen erlaubt hätte. Etwa so: Tonys Tod würde zeigen, dass das männlich-brutale Machtprinzip nicht funktioniert. Oder: Irgendwann kommt der Fall, auch für einen scheinbar unverwundbaren Mann wie Tony. Oder: Am Ende stirbt Tony nicht durch einen rivalisierenden Clan, er erstickt an seiner Familie, seinem eigentlichen Problem. Und: Sünden werden bestraft; jeder bekommt die Quittung; *what goes around comes around*, Gewalt ist keine Lösung und wird mit Gewalt beantwortet, verehrte Zuschauer. Wegen der Plausibilität all jener Schlüsse bekam ich bei der Tony-in-Lebensgefahr-Folge ein wenig Angst. Nur ein bisschen, ein Kitzeln, ein leichtes Stechen.

Aber Tony überlebt. Und wir alle wussten, dass er überleben würde.

Wenn ich schrieb, dann schrieb ich in der Annahme, dass mein Vater es am Ende schaffen würde, dass er genau so sein würde wie vorher, und das war mein Schluss, meine Prämisse. Es konnte schlimm kommen, aber es kam nie ganz schlimm. Denn das war, was er mir beigebracht hatte. Er hatte mich zu einem Soldaten ausgebildet; er hatte mich gelehrt, dass man schon nicht dran sterben werde, dass man sich nicht so anstellen solle. Als er die Lungenentzündung hatte, dachte ich genau das, nämlich, dass er schon nicht dran sterben würde, und ich dachte es zur eigenen Beruhigung, und es war ein brutaler Gedanke, es war ein deutscher Kriegsgedanke.

Der Hunger und die Kälte der Nachkriegsjahre stecken noch in ihm, sie haben ihn gemacht. Der Hunger nach Liebe und Wärme. Ich kenne seine Mutter und meine Großmutter. Ich habe sie sehr geliebt, aber ich weiß, wie brutal sie selbst noch zu mir war. *Heul nur so viel, wie es weh tut*; *mach Sport, bring Leistung*, Nazi-Pädagogik. Mein

Vater hat daraus seine Konsequenzen gezogen. Niemals abhängig sein. Ich, sein Kind, bin anders, das heißt genauer: Ich könnte anders sein. Dass der Hunger und die Kälte wirklich ganz weg sind, bezweifle ich. Dennoch: Ich spreche mit Therapeuten über meine Bedürfnisse, ich habe die Erlaubnis, welche zu haben und traurig zu sein. Männer haben sie inzwischen auch. Sie können über sie nachdenken, sie können Techniken lernen, wie man Probleme löst und verhindert, dass es knallt. Man bemüht sich um die Gleichstellung von Männern und Frauen, weswegen sich ihre Sprache und ihre Realitäten ebenfalls angleichen. Es reden nun nicht mehr zwei getrennte Welten miteinander. Ich, das soziale Milieu, aus dem heraus ich schreibe (das beruhigte, den Ausgleich suchende Milieu, in dem Zwischenfälle und Unwägbarkeiten nicht vorgesehen sind und aus dem heraus die meisten Geschichten geschrieben werden), ich habe alle Probleme in meinem Kopf. Unfälle, Blut, Hunger, all das, was man existenzielle Nöte nennt, sind nicht vorgesehen, und vielleicht dachte ich auch deswegen in Filmen, als es in meiner Welt knallte. Weil mir dafür die Sprache und die Bilder fehlten.

Mein Vater ist kein Bewohner der beruhigten Zone. Er macht, dass es knallt. Er schafft Gegensätze (Männer und Frauen, sein Recht und die Gesetzbücher, er und die Straße, er gegen den Körper). Für meinen Vater ist gut, wer hart zu sich ist. Wer überleben kann, auch wenn es unmöglich scheint. Jemand, der nichts braucht. Für einen fortschrittlichen Verstand versteht es sich von selbst, dass diese Art, dem Leben zu begegnen, nicht erstrebenswert ist. Sie fügt anderen Schmerzen zu. Weil sie auf Macht und der Unterdrückung des Schwächeren basiert, wenngleich es Blödsinn ist zu glauben, jenes Machtprinzip sei inzwischen nicht mehr da. Es funktioniert nur subtiler und weniger eindeutig und es ist schwerer, darin Erzählungen zu finden.

Ein Mann, der allein durch die Wüste reitet. Clint Eastwood in *Für eine Handvoll Dollar*. Marlon Brando in *Die Faust im Nacken*. Jack Nicholson in *The Departed*. Tony Soprano. Ellenbogen aus dem Fenster, Zigarre im Mund, viel zu schnell. Er war mein Star, und es ist die Aufgabe eines Stars, in Sichtweite, aber nicht in der Nähe zu sein. Jetzt lag er da und konnte nirgendwohin, was für einen Star eigentlich schlecht ist. Aber er war ja wieder nicht da (Koma), weswegen meine Geschichte von dem Star, der in Sichtweite, aber nicht in der Nähe ist, eben doch weiter funktionierte.

Als James Gandolfini, der Mann, der bei den Sopranos den Tony spielt, mit 51 Jahren in Rom starb, saß ich auf einem Hotelbett in Oslo. Es war Juni und es wurde nachts nicht dunkel. Man konnte nicht sagen, wo der Himmel anfing und wieder aufhörte, alles war Himmel. Die Luft sah aus, als wäre sie aus silbernem Staub, und weil ich in den Nächten nicht schlafen konnte, zweifelte ich an meiner Wahrnehmung, genauso wie an James Gandolfinis Tod. Das kann nicht sein, dachte ich, und durchsuchte das Internet. »James Gandolfini im Alter von 51 Jahren gestorben«, stand da. Ich stellte mich ans Fenster des Hotelzimmers, rauchte eine Zigarette und sah nach draußen. Man vergisst es, aber das gibt es, dachte ich, Leute sterben, Leute fallen tot um, und vielleicht dachte ich auch an meinen Vater, weil mein Vater, wie Tony, den Tod nicht ernst nahm, weil der Tod für ihn keine Geltung zu haben schien, und wenn es so gewesen sein sollte, dass ich damals an ihn dachte, fürchtete ich mich mit Sicherheit kurz (unten im Bauch dieser kleine Stich) und machte irgendwie weiter. Für die Zeitung sollte ich einen Nachruf auf James Gandolfini schreiben. Aber ich kannte nur Tony und schrieb, als wäre *er* gestorben. Tony, der die Art von Vater war, die dir mit tausend Dollar aushalf, wenn es eng wurde. Tony, der stolz darauf war, dass du studierst. Tony, der eifersüchtig wurde, wenn du deinen neuen Freund mit nach Hause brachtest. Tony, der durchdrehte, wenn du nicht die Art von Tochter warst, die er sich wünschte, und das hieß immerhin, dass du absolut seine Tochter warst. Mein Nachruf wurde ein Liebesbrief an meinen Fernseh-Vater Tony, und mein echter Vater war ein bisschen beleidigt, nachdem er ihn gelesen hatte, worüber ich mich damals heimlich sehr freute.

Der Kopf sucht nach Auswegen. Ich zog Schlüsse. Ich ermittelte von morgens bis abends Zusammenhänge und

Anhaltspunkte, die bei Prognosen über den möglichen Verlauf hilfreich sein könnten. Wenn Tony nicht gestorben, aber James Gandolfini umgefallen, also einfach aus dem Leben rausgefallen war wegen eines Herzinfarktes, was bedeutete das für uns? Machte das den Tod meines Vaters wahrscheinlicher? War es ein Zeichen, dass ich jetzt, da es meinem Vater schlecht ging, so häufig an Tony dachte? Theodor, der Vater im Buch, starb nicht. Bedeutete das, dass mein Vater auch nicht sterben würde? Oder bedeutete es in der Tony-Soprano-Logik, dass er sterben würde? Vor dem Spiegel stehend versuchte ich mir klar zu machen, dass es nichts hieß. Zum hundertsten Mal: Der Tod ist nicht an Zusammenhängen interessiert, heißt das. Der Tod kommt einfach, dem sind Narrative scheißegal. Das ist es, was James Gandolfini dir sagen will. Warum verstehst du das nicht?

Meine Uhr ging nicht mehr richtig. Sie passte nicht mit den Uhren der anderen zusammen. In manchen Augenblicken war die Zeit wie geschwollen. Wenn es weitergehen musste, wenn ich mich zum Weitermachen zwang und sich Menschen, Klingeltöne und Signale durch die entzündeten Kanäle in mein Gehirn pressten.

Haben Sie am Donnerstag um 16 Uhr Zeit für ein Interview?

Am Dienstag zwischen 14 und 16 Uhr werden die Stromzähler abgelesen.

Die Rechnung für die Getränkelieferung hätte schon vor einer Woche bezahlt werden müssen.

Der Brief an die Krankenkasse.

Der Text muss in zwei Tagen fertig sein.

Zahnarzt.

Bedauerlicherweise gibt es grundsätzlich keine Vorkehrungen, die ein Anhalten erlauben. Auch, wenn es das einzig Richtige gewesen wäre. Anhalten. Die Autos, die Mails, die Telefone, sie hätten anhalten und schweigen sollen. Der Mann, dem ich dabei zusah, wie er auf dem Fahrrad lächelnd durch den Vormittag fuhr, als gäbe es nichts Wichtigeres, dieser Mann sollte aufhören zu lächeln und von seinem Scheißfahrrad absteigen. Der Mann zeigte mir, dass meine Uhr kaputt war. Dass in mir ein totes Gewässer lag, das nur durch eine Meldung aus dem Krankenhaus in Bewegung versetzt werden konnte (die Entzündungswerte sind gestiegen, die Entzündungswerte sind gefallen; die Operation ist für Montag geplant, die Operation wird am Montag doch nicht stattfinden). Das tote Gewässer war mein Gefühl, dem alles egal geworden war, was nicht meinen Vater betraf. Das tote Gewässer wartete. Auf Nachrichten aus dem Krankenhaus, wo ich im Wartezimmer saß. Oder ich war draußen, auf der Straße, im Büro, in einer Bäckerei, immer mit dem toten Gewässer hinter der Stirn. Aber es musste weitergehen, weil es, und das wissen wir, keine Vorkehrungen gibt, die ein Anhalten erlauben. Die Geschwindigkeit, die ganz normale Lebensgeschwindigkeit der Menschen um mich herum, ließ die Kanäle anschwellen, ihr Inhalt ersoff im toten Gewässer, und man konnte mich, die zum Weitermachen nicht in der Lage war (vor dem Bildschirm sitzen, Facebook aktualisieren, kilometerlang runterscrollen, wieder aktualisieren, nach oben scrollen, und die kleine Uhr rechts oben im Bildschirm sagt einem, dass erst zwei Minuten vergangen sind, bis man feststellt, dass es nun endlich Zeit ist, nach Hause zu gehen) – man konnte mich also nur ins Bett legen, wo ich einen weiteren Tag nicht produktiv gewesen wäre (und manchmal auch war).

Mein Vater hätte niemals angehalten. Er war für das Aufstellen von Plänen. Um eine Geschichte zu erzählen, braucht man einen Plan, aber ich hatte keinen. Weder Plan noch Text.

Mein Vater lag da und schwieg, und irgendwann weiß man nicht mehr, was man jemandem, der nicht antwortet, sagen soll. Ich beschloss, ihm aus meinem Buch vorzulesen.

Es gibt unterschiedliche Geschichten darüber, was jemand im Zustand meines Vaters von dem, was die Menschen an seinem Bett sagen, mitbekommt. Es gibt eine Geschichte über einen Menschen, der über Jahre hinweg im Koma lag, aber alles mitbekommen hat, sogar, dass seine Mutter ihm den erlösenden Tod wünschte. Und es gibt Menschen, die wieder aufgewacht sind und überhaupt nichts mehr wissen. Die Ärzte sagten, sie wüssten es nicht. Ich begann, ihm aus meinem Buch vorzulesen.

»Ich klopfe drei Mal auf den Holztisch, weil ich jetzt wirklich glaube, dass Theodor tot ist, und will, dass der Gedanke weggeht. Er hätte schon so oft tot sein können. Jeden Tag meines Lebens habe ich damit gerechnet, und zwar einfach, weil ich dachte, wenn ich nicht damit rechne, dann passiert es doch, weswegen ich gezwungen war, damit zu rechnen, sonst wäre ihm etwas passiert. Und so ist nie etwas passiert. Aber heute, denke ich, vielleicht auch, weil Jonny so nervös ist, heute könnte etwas passiert sein. Ich sehe seinen zermatschten Schädel an einer Leitplanke kleben, den Holzclog alleine brennend auf der Autobahn liegen, oh Gott, wie mich jetzt dieser verlassene Schuh rührt, obwohl der Fuß und was dranhängt doch so ein Arschloch ist und obwohl der Holzclog ja da neben Jonny steht. Und dass Theodor ein Arschloch ist, stimmt so eben auch nicht. Aber ich habe mir so oft vorgestellt, dass ihm etwas passiert, und ja, es ist nie etwas passiert, aber jetzt hier könnte doch was sein. Nur damit wir endlich mal wissen, wie es ist, wenn wirklich etwas mit ihm gewesen ist. Vielleicht wäre dann alles anders, vielleicht wäre es eine Erleichterung. Aber so will ich nicht denken.«

Meine Geschwister und ich hatten an seinem Bett gesessen, als ich zu lesen anfing. Ich wusste, was in dem Buch stand, aber wirklich glaubte ich es erst zu verstehen, als ich an jenem Tag daraus vorlas. Einfach aufhören ging nicht, ich musste zu meiner Schuld stehen. Ich hoffte, dass mein Vater nichts mitbekam, und sah ängstlich zu meinen Geschwistern, die konzentriert in die Luft guckten. Uns passiert nie etwas, flüsterte die kleine Romy, die rechts hinter mir stand und kicherte. Ich drehte meinen Kopf ruckartig nach ihr um und bin mir noch immer sicher, dass ich ihr dabei zusah, wie sie aus dem Krankenzimmer hinaustänzelte, und ich sah in die Gesichter meiner Geschwister, die mich betreten ansahen, aber fragte sie natürlich nicht, ob sie das gerade auch gesehen hätten. Ich las weiter. Der Monitor, der die Körperfunktionen meines Vaters überwachte, zeigte, dass sein Blutdruck stieg, während ich las. Der zermatschte Schädel, der brennende Schuh, das Arschloch. Der Blutdruck erreichte eine kritische Höhe, die ein Piepen veranlasste. Ich wollte mich entschuldigen, aber wir waren ein Film. Es gab keinen Grund für eine emotionale Beteiligung. Und eine Schwester kam und drehte an einem Rädchen, das die Zufuhr blutdrucksenkender Mittel regelte.

5

Die Tage (Wochen, Monate), waren wie im ICE sitzen und aus dem Fenster gucken. Du hörst, schmeckst, riechst nicht, was draußen passiert. Was du siehst, ist blau eingefärbt, aber nur leicht, gerade so viel, dass man das Blau auch in Zweifel ziehen könnte. Und: Du magst vielleicht weder schmecken noch riechen noch hören, aber es passiert etwas. Draußen passiert etwas. Das Uneigentliche fließt weiter, über Schienen, in Einsen und Nullen, über die Warenbänder, durch die Telefone bis hinein in unsere Mägen, die mit bekömmlichem Essen gefüllt werden.

Ich brauchte ein Auto, damit ich meinen Vater im Krankenhaus besuchen konnte. Ich ging zum Haus meines Vaters, um mir eines seiner Autos auszuleihen. Das Cabriolet. Ein schönes, ein wunderschönes Auto. Es sieht aus wie ein großes silbernes Raubtier; eines, das jedoch auch liebevoll sein kann. Das Cabriolet ist beinahe gesund, es ist das gesündeste Auto meines Vaters. Mit jenem Cabriolet hatte er uns auch in Berlin besucht und am Abend der

verpassten Umarmung (Titel, man vergibt Titel, je mehr
Zeit vergeht, desto mehr Rahmen finde ich für meine
Bilder, desto mehr Filmtitel fallen mir ein) – *am Abend
der verpassten Umarmung* also, war er in dieses Cabriolet,
sein zuverlässigstes Auto, eingestiegen und auf seinen
Unfall zugefahren.

Meine Geschwister und ich nannten das Cabriolet *den
Benz*. Ich kam, um ihn zu holen. Ich lief auf ihn zu. Ich
kannte ihn doch.

Die Frontscheibe war mal ein bisschen zersprungen gewesen, aber jetzt war kein Sprung mehr da, er musste sie
ausgewechselt haben. Der Benz war wie immer schmut-
zig, aber hätte man ihn sauber gemacht, er hätte glän-
zen können. Und egal was war, er grinste, zurückhaltend
zwar, aber er grinste. Wenn man den Motor startete,
gab es einen Riesenkrach, weil einem der Anschnallgurt
durch irgendeine elektrisch betriebene Mechanik ge-
reicht wurde, aber die Mechanik war kaputt. Drinnen,
auf der Mittelkonsole bei der Rückbank, war dieser spe-
zielle Knopf, den man auf keinen Fall berühren durfte,
das sagte mir mein Vater jedes Mal, wenn ich mit ihm im
Benz fuhr. Ich glaube, auch da ging es um eine kaputte
Mechanik, die etwas mit dem Überrollbügel zu tun hatte.
Und überall in den Ritzen, auf den Ledersitzen, zwischen
Knöpfen und dem braunglänzenden Holz der Armaturen,
überall lag dieser feine Staub. Dieser Staub, der dort, wo
er länger gewesen war, immer zurück blieb. Im Verdeck
waren auf Kopfhöhe zwischen Fahrer und Beifahrer zwei

Löcher, die entstanden sein müssen, als mein Vater etwas transportiert hat, ein Ersatzteil, Holz, einen Rahmen vielleicht. Er hatte den Benz auf Gas umgerüstet, weswegen er, wenn man an einer Ampel anhalten musste, zu husten anfing. Ein tiefes, blubberndes Husten, das aus seinem Innersten kam und das so stark war, dass die Ledersitze vibrierten. Stark und bereit. Eine Gewalt, die sehr elegant sein konnte. Schön auch.

(Und so ist er noch immer, er schläft nur gerade.)

Ich wollte in den Benz steigen und losfahren, ins Krankenhaus. Aber der Benz fing an zu schreien. Die Alarmanlage, spitz und schrill, irgendein technisches Problem wieder, und sie hörte nicht auf. Nur unser Vater konnte den Benz dazu bringen, das zu tun, was er sollte, nur er konnte das. Der Benz schrie, ich dachte an einen Patienten, dem etwas wehtat und den ich nicht beruhigen konnte. Die Nachbarn sahen aus dem Fenstern. Ich fing an zu lachen. Die Alarmanlage schrie weiter, mein Vater war nicht da, um sie zum Schweigen zu bringen, und das Schreien bohrte sich durch meinen Gehörgang bis ins Gehirn, und irgendwann saß ich neben dem Auto und konnte nicht aufhören zu weinen, und immer freitags stieg ich in den ICE, um zu ihm zu fahren, und sah die Felder und Städte durch das kalte Blau, und irgendwo unterwegs fing ich dann an zu beten. Ich kam mir dabei nicht lächerlich vor.

6

Einmal, es war kurz bevor wir zu ihm ins Krankenhaus fahren wollten, saß ich draußen in der Sonne, die inzwischen warm geworden war, denn es waren schon fünf Wochen vergangen (heute vor fünf Wochen genau jetzt, um acht Uhr morgens, hatte ich um acht Uhr morgens gedacht, und warum – warum es genau so hatte passieren müssen, wie es passiert war, und ob es nicht passiert wäre, hätte ich ihn bei meinem Versuch, ihn zu umarmen, nicht verpasst, wahrscheinlich nicht, wahrscheinlich wäre er tatsächlich nicht in exakt dieser Sekunde neben dem Auto gewesen, dessen Fahrer ihn beim Spurwechsel nicht gesehen hatte). Einmal saß ich also draußen im Garten neben einer Plastikplane, mit der die Gartenmöbel zugedeckt gewesen waren, um sie vor dem Winter zu schützen. Unter der Plastikplane summte eine Fliege, die versuchte freizukommen. Sie summte nur noch schwach, weil ihre Befreiungsversuche sie Kraft gekostet hatten. Die Plane war groß, und es war der Fliege unmöglich zu überblicken, an welchen Stellen sie ihrem Tod entkommen könnte. Ich aber hatte die Möglichkeit ihr zu helfen, ich konnte sie befreien. Ich musste es tun, allein aus Solidarität mit meinem Vater.

Ich hob die Plane leicht an, zu leicht, weil mir die Kraft fehlte, aber die Fliege verstand es nicht. Sie hatte die Chance freizukommen, verstand es aber nicht. Ich sagte der Fliege, dass sie extrem blöd sei und einfach in die richtige Richtung fliegen müsse, nach draußen. Ich ließ meine Hand fallen und starrte sie an, die weiter gegen die Plane flog, ohne zu wissen, dass ihre Anstrengung sinnlos war und dass sie alles vollkommen falsch machte. Mir liefen Tränen aus den Augen, und mir wurde klar, was mir nur in seltenen Momenten wirklich klar war, nämlich dass ich nichts ausrichten konnte. Aber es war mir möglich, diese Fliege zu retten. Ich atmete tief ein, ich sammelte Kraft. Ich richtete mich auf, bewegte meine Hand, führte sie zur Plane und hob diese so weit an, dass die Fliege so nah an der Freiheit war, dass sie gar nicht anders konnte als herauszufliegen, und sie flog.

Wir nahmen die tragbare Musikanlage, bei der nur das Kassettendeck funktionierte, mit ins Krankenhaus und spielten ihm die Kassette mit den Blues Brothers vor. Er hatte sie selbst aufgenommen. Blues Brothers *House Of The Rising Sun, You Look Wonderful Tonight*

Da hatte er seit drei Tagen die Augen auf, und ich glaube, das war die Zeit, in der ich Angst bekam, dass aus meiner Brust schwarzes Blut rausschwappt.

Denn es war so, dass ich erst, als er die Augen aufmachte, verstand, wie weit er weg war und dass er vielleicht nie mehr zurückkehrte.

Mein geliebter Vater und Vollidiot mit den schönen Augen und den tausend Geschichten, die ich mir über ihn erzählte, damit er bei mir war.

7

Konnte ich nicht schlafen, dachte ich mir Geschichten aus. Geschichten von Möglichkeiten gegen die Ungewissheit. Geschichten, die Sinn ergaben, Geschichten, die das Leben meines Vaters zu einem Punkt führten, der diesem Leben Sinn verlieh, oder wenigstens ein Ziel, für mich.

Möglichkeit 1
Herr und Hund

Unser Hund hieß Rasputin und war eine eigenartige Person. Über die unheimlichen Umstände seines Todes wird in unserer Familie nicht mehr gesprochen, und dennoch glaubt jeder zu wissen, was damals wirklich passiert ist.

Meine Geschwister und ich denken viel an Rasputin, den mein Vater nur »Raps« rief. Als junger Hund war er sehr schön. Wahrscheinlich war ihm das bewusst, denn wenn er im Wohnzimmer auf dem beigefarbenen Teppich vor dem Sofa gelegen hatte, hatte er sich immer auf eine sehr vornehme Weise hingelegt und beobachtet, was vor sich ging. Eine der weißen Pfoten angewinkelt und den braunen Kopf stolz erhoben, war der Blick aus seinen blauen Augen sofort zur Tür geschnellt, wenn jemand herein kam. Wegen der braun-weißen Flecken erinnerte er ein wenig an eine Kuh, aber das änderte nichts daran, dass man das Gefühl hatte, ein Adliger wäre zu Besuch, wenn er auf dem Teppich im Wohnzimmer Ausschau hielt. Jeder benahm sich in seiner Gegenwart sofort ein bisschen besser. Man wählte die Worte sorgfältiger, man setzte sich gerade hin und legte die Füße nicht auf den Tisch. Denn

Raps sah eben so aus, als dulde er schlechtes Benehmen nicht. Man hatte Respekt vor ihm.

Es wäre aber falsch zu glauben, Raps hätte keinen Humor. Den hatte er. Wenn er rannte, wedelte er so sehr mit dem Schwanz, dass man ihn für einen Hubschrauber halten konnte. Als er zu uns kam und man ihn mit einer Hand noch leicht tragen konnte, machten meine Geschwister und ich kleine Rennen mit ihm, und wenn er nicht anhalten konnte, benutzte Raps seine Vorderpfoten, um mit ihnen zu bremsen, was genauso aussah wie ein Zeichentrickfilm-Auto aus einem Disney-Zeichentrickfilm, das eine Vollbremsung hinlegt. Die Disney-Zeichentrickfilm guckten mein Bruder, meine kleine Schwester und ich immer morgens an den Wochenenden, wenn unsere Mutter noch schlief und es nicht merkte. Diese Trickfilme waren das einzige, was Raps sich im Fernsehen ernsthaft ansah. Natürlich hält jeder von seinem Hund besonders viel, aber es war wirklich so, dass Raps aufstand und zum Fernseher lief, wenn Micky Maus oder die Geschichten aus Entenhausen losgingen. Er wedelte dann heftig mit dem Schwanz und bellte sogar, wenn wir ihn darauf ansprachen, dass jetzt unsere Lieblings-Zeichentrickfilme anfingen. Und er blieb vor dem Bildschirm sitzen, bis die Trickfilme zu Ende waren. Danach stand er auf und lief zurück zu seinem Platz auf dem beigefarbenen Teppich vor dem Sofa und schlief ein bisschen. Dabei störte man ihn besser nicht. Tat man es doch, war ein leises Knurren zu hören, das aus seinem Innersten kam und sich anhörte, als würde in einer Höhle schweres, eisernes Gerät verschoben werden. Allerdings nur ganz leise.

Vielleicht, denke ich heute manchmal, wäre alles nicht so gekommen, wie es dann letztlich kam, wenn wir uns damals gefragt hätten, was sein Knurren eigentlich zu bedeuten hatte. Raps war eben ein sehr stolzer Hund, der leicht zu kränken war.

Dafür konnte er dir, wenn du dich beim Spazierengehen ein bisschen verlaufen hattest, immer den Weg nach Hause weisen. Man musste nur »Raps, zack« sagen, und er verstand, worum es ging, und half. Sein Orientierungssinn war wirklich einmalig. Und er war der schnellste Hund, der mir je begegnet ist (bis zu 75 Stundenkilometer, was wir genau überprüfen konnten, als meine Mutter und wir Kinder ihn einmal neben dem Auto herlaufen ließen). Er war ohne Frage überdurchschnittlich intelligent (meine Mutter schwor, dass Raps exakt einmal bellte und sich dann gelangweilt abwandte, wenn sie die Zeitung las und dort jemand abgebildet war, den Raps nicht mochte), er war geschickt (er konnte die Käseplatte so behutsam plündern, dass man nicht merkte, dass sie von einem Hund leer gefressen worden war) und er war manchmal durchaus einfühlsam (er guckte immer so betroffen, wenn ich eine schlechte Note hatte).

Und er war treu, besonders meinem Vater. Als Raps klein war, lag er eigentlich von morgens bis abends unter dem Stuhl, auf dem mein Vater saß, wenn wir gemeinsam aßen. Kam mein Vater an einem Abend mal wieder nicht nach Hause, sprang Raps auf seinen Stuhl und wartete dort auf ihn. Er saß dann direkt meiner Mutter gegenüber, die sein Benehmen so süß fand, dass sie es nicht übers Herz brachte, ihn vom Stuhl meines Vaters zu verscheuchen. Das war in der Zeit, als meine Eltern sich viel stritten, und es kann natürlich sein, dass es ein Problem war, dass meine Mutter sich mit Raps besser verstand als mit meinem Vater.

Raps war übrigens auch sehr musikalisch. Wann immer mein Vater Saxophon spielte, setzte Raps sich vor ihn, legte den Kopf in den Hundenacken und jaulte. Das machte mich dann immer sehr traurig. Das Jaulen klang, als würde Raps weinen, und meistens spielte mein Vater abends, wenn es dunkel wurde, Saxophon. Das Saxophon und Raps' Jaulen bedeuteten, dass es Zeit war, ins Bett zu gehen, und im Bett war man allein. Und ich war natürlich noch viel schlimmer allein, als unsere Mutter mit unserer kleinen Schwester auszog. Danach spielte mein Vater eigentlich jeden Abend Saxophon und Raps jaulte dazu, und ich wusste, dass beide meine Mutter sehr vermissten. Man sah das sogar ihren Körpern an. Mein Vater bekam dünnere Haut, und die grauen Haare auf seinem Kopf wurden mehr. Raps' einst so glänzendes Fell wurde stumpf und war an einigen Stellen voller Schuppen. In dieser Zeit konnte ich mich von Raps trösten lassen, wenigstens manchmal. Als ich Schlafprobleme bekam, half er mir, indem er nach dem Saxophonspielen zu mir kam, sich neben mein Bett legte und mit mir gemeinsam einschlief. Dafür war ich ihm sehr dankbar. Nichts ließ mich so ruhig werden wie meine Hand auf seinem Kopf, und ich glaube, das vermisse ich heute fast am meisten.

Nachdem meine Mutter weg war, wurde Raps immer merkwürdiger. Er fing an, unter unsere Betten zu kriechen und so
lange nicht hervorzukommen, wie er seine Ruhe haben wollte.
Ja, eigentlich wollte er nur noch seine Ruhe haben. Wenn man
Raps suchte, musste man unter den Betten nachsehen, wobei man ihn eigentlich immer unter dem ehemaligen Ehebett
meiner Eltern fand. Mein Vater schlief dort nicht mehr, er
schlief jetzt in einem Einzelbett in seinem Zimmer im Keller.
Auch mein Bruder schlief im unteren Geschoss, mein Zimmer
aber war in der oberen Etage, wo ich mich nachts allein fürchtete. Mit Raps wäre es gegangen, er weigerte sich jedoch sehr
bald, mir beim Einschlafen zu helfen. Nur wenn ich ihn mit
Wurst bestach, kam er unter dem ehemaligen Ehebett meiner
Eltern hervor und folgte mir in mein Zimmer. Wenn er aber
die Wurst bekommen und gegessen hatte, wollte er sofort
wieder gehen und stand ungeduldig vor meiner Zimmertür.
Ich ließ ihn gehen.

Als ich meinen Vater fragte, ob ich in dem ehemaligen Ehebett schlafen könne, um bei Raps zu sein, sagte er, das wäre
nicht möglich, schließlich hätte ich mein eigenes Bett, und
außerdem werde das Ehebett jeden Moment verkauft. Und
so schlief jeder allein, mein Bruder und mein Vater unten in
ihren Zimmern, ich oben und Raps unter dem Ehebett.

Er wurde immer schwieriger und wir bekamen ihn eigentlich
nur noch zu Gesicht, wenn er Hunger hatte, mein Vater Saxophon spielte oder wenn er raus musste. Dann ließ er sich nur
widerwillig anleinen, aber das war eben nötig, weil Raps ein

ungestümer Hund war und, wenn er draußen war, manchmal überhaupt nicht auf den Verkehr achtete. Hatte ich es dann doch geschafft, die Leine an seinem Halsband zu befestigen, zog er mich die Straße entlang und kümmerte sich nicht darum, ob ich hinterherkam. Früher bist du freundlicher gewesen, murmelte ich dann, konnte ihm aber auch nicht böse sein, weil er mir leid tat. Vielleicht, weil Raps wirkte, als würde er jemandem etwas übelnehmen. So, als wollte er sich von uns verabschieden und losreißen, aber es gelänge ihm nicht.

Bald kam er dann nicht einmal mehr unter dem Bett hervorgekrochen, wenn mein Vater Saxophon spielte. An einem Abend, mein Vater war gerade von der Arbeit zurückgekommen, holte er sein Saxophon aus dem Koffer, stellte sich im Wohnzimmer ans Fenster und begann zu spielen. Ich saß auf dem Sofa, sah ihm zu und glaubte, mich davor zu fürchten, gleich ins Bett zu müssen, aber wahrscheinlich fürchtete ich mich ganz grundsätzlich und wunderte mich außerdem, dass Raps noch immer nicht zum Saxophon-Termin erschienen war. Mein Vater spielte, sah aber unaufhörlich zur Wohnzimmertür, und ich wusste, dass er darauf wartete, dass Raps kam. Aber Raps kam nicht. Mein Vater spielte, und es klang, als würde er jaulen. Er spielte noch einige Minuten und wippte immer ungeduldiger mit dem Fuß. Und dann warf er plötzlich das Saxophon neben mich auf das Sofa. Ich zuckte zusammen und richtete mich kerzengerade auf. Mein Vater stürmte durch die Wohnzimmertür, und ich hinterher. Im Schlafzimmer meiner Eltern angekommen, sah mein Vater unter dem Bett nach, in dem er früher mit meiner Mutter geschlafen hatte, und da lag Raps.

»Du Mistvieh!«, rief er. »Was hast du da zu suchen? Komm sofort raus!« Ich hockte mich zitternd neben meinen Vater und sah abwechselnd ihn und Raps an. Mein Vater schrie Raps an, der regungslos dalag und meinen Vater böse anblickte. Den Kopf nach vorne geschoben, die Ohren nach hinten gelegt, starrte er an meinem Vater vorbei und verzog keine Miene, bis ich ein böses Knurren vernahm. »Papa!«, flüsterte ich, denn ich wusste, dass beide sehr stur waren, und wollte nicht, dass sie auf einander losgingen. Mein Vater packte Raps bei den Pfoten und zog ihn unter dem Bett hervor, und plötzlich, es geschah so schnell, dass ich einige Sekunden brauchte, um zu verstehen, was passiert war, biss Raps meinem Vater in den ausgestreckten Unterarm. Er ließ nicht mehr los. Das Blut rann langsam über den Arm meines Vaters und blieb zitternd an seinem tiefsten Punkt, dem Handgelenk, hängen. Ich starrte auf das Blut, denn es war, als erzählte es seine eigene Geschichte. Ruhig, schleichend und mit einem Ende, das absehbar war. Das Blut tropfte auf den Boden, und ich sah, wie es in den Teppich sickerte.

Mein Vater sprang auf, aber Raps hatte sich in ihm verbissen. Den Arm von sich gestreckt, hing Raps daran und ließ nicht los. Ich schrie auf und presste mir die Hand vor den Mund. Mein Vater schwieg und war ganz weiß geworden. Ich weiß nicht, wie oder warum, aber Raps ließ irgendwann los, und ich erinnere mich, dass ich in der Sekunde danach auf den Boden sah und dachte, dass das Blut auf dem Teppich aussah wie das Gesicht eines bösen Geists. Wieder stellte ich fest, dass die Zeit, während der Raps sich im Unterarm meines Vaters verbissen hatte, sehr langsam vergangen, wenn nicht stehengeblieben war. Dann lief sie weiter. Mein Vater trat Raps in die Seiten. Fest, und ich habe noch heute das Geräusch, das seine Tritte verursachten, in den Ohren. Es klang völlig hohl, und ich fragte mich, ob mein Vater so heftig trat, weil es so hohl klang. Raps wich mit rundem Rücken, gesenktem Kopf und eingezogenem Schwanz in eine Ecke des Zimmers zurück, und mein Vater trat ihn weiter, den blutenden Arm in die Höhe haltend trat er ihn, und das hätte er nicht tun dürfen, denn seit diesem Tag stimmte etwas nicht mehr. Seit diesem Tag fing ich an, Angst vor Raps zu haben und wahrscheinlich auch vor meinem Vater.

Beim Abendbrot fragten mein Bruder und ich, ob wir Raps jetzt weggeben würden, aber mein Vater sagte, das käme nicht in Frage. Raps würde bleiben. Raps habe einen starken Charakter und habe sich mit ihm, dem Familienanführer, messen wollen. Ein Machtspiel, das unter Hunden normal sei.

Und so verbrachte Raps weiter die meiste Zeit des Tages unter dem ehemaligen Ehebett meiner Eltern, und mein Vater ging arbeiten und kam irgendwann wieder, und unser Haus, Raps und unser Vater verkamen zusehends. Aus Raps' Maul und der Eingangstür des Hauses roch es schlecht. Die Heizung funktionierte nicht richtig, egal, was man berührte, es war kalt. Der Teppich vor dem Sofa, auf dem Raps einst gelegen hatte, war grau und fleckig geworden, und die Fensterscheiben so trüb, als könnten sie längst nicht mehr sehen und wären daran auch nicht interessiert. An einigen Stellen fielen Raps die Haare aus, aber mein Vater sagte, sie würden nachwachsen. Ich glaubte ihm nicht, weil er sich seit Wochen den Hals wund kratzte, obwohl er versprochen hatte, dass es bald besser werden würde. Unser Haus, das mal weiß gewesen war, wurde von Jahr zu Jahr grüner, weil sich irgendeine Moossorte darauf ausbreitete, und als mein Bruder dann kurz vor dem Abitur beschloss, nach Amerika zu gehen, weil es ihm reichte, zog ich zu meiner Mutter, was ich mir nie verziehen habe. Ich glaube, dass Raps und mein Vater, die ich zurückließ, es mir auch nie verzeihen konnten.

Am Anfang kam ich noch jedes zweite Wochenende. Das Haus war plötzlich riesig geworden. Es war kalt, und im Winter konnte ich an manchen Tagen meinen Atem sehen. Wenn ich durch den Flur ging, hörte ich das Hallen meiner Schritte. Ich hatte Angst. Wenn ich um eine Ecke biegen musste, sah ich mich um, weil ich fürchtete, dass hinter mir irgendjemand wäre, um mich dann schnell nach vorne zu beugen und so herauszufinden, ob sich hinter der nächsten Ecke vielleicht etwas versteckte. Denn das Böse war oft da. Immer wenn ich allein durch das Haus ging, legte es sich mir wie ein Schleier um die Schultern und streichelte mich.

Wollte ich Raps sehen, musste ich in das ehemalige Schlafzimmer meiner Eltern gehen, das er noch immer eisern bewohnte. Einmal betrat ich das Zimmer, um mich vor das Bett zu knien und ihn zu begrüßen, und erschrak, als er die Augen öffnete und sie ganz rot waren. Leuchtend, wie zwei glühende Kohlestücke. Ich stieß einen kleinen Schrei aus und hielt mir die Hand vor den Mund. Er starrte mich auf eine Weise an, die mich wissen ließ, dass er nicht von mir angesehen werden wollte. Ich flüsterte seinen Namen, und er knurrte zurück. Er wirkte wie ein alter Mann, den man bestohlen hatte. Ich rannte hinunter in den Keller, wo sich mein Vater die meiste Zeit aufhielt. Die Tür war verschlossen, ich schlug dagegen.

»Papa, mach auf!«, rief ich, »Raps' Augen sind ganz rot! Sie brennen!«

Aus dem Inneren des Zimmers hörte ich es rumpeln. So, als würden Möbel verrückt. »Papa!«, rief ich noch einmal und drehte mich um, weil die Luft wieder so war, dass ich auf dem Rücken das Streicheln spürte. Plötzlich riss mein Vater die Tür auf. Mit wirrem Haar stand er über mir. Auf seiner Stirn waren Schweißperlen, sein Gesicht war rot und ich roch, dass er getrunken hatte. Ich sah, wie dünn er geworden war und dass aus jener Stelle am Unterarm, in die sich einst Raps verbissen hatte und von der inzwischen nur noch eine kraterhafte Narbe und etwas Schorf übrig waren, Blut rann. Ein nervöser Strich, so, als würde jemand dringend etwas schreiben wollen, aber zum ersten Mal einen Stift halten. Ich starrte auf die Linie, wandte meinen Blick aber ab, weil aus dem Zimmer, in dessen Tür mein Vater noch immer breitbeinig stand, ein Kichern kam. Auf dem Sofa saß eine kleine blonde Frau mit blasser Haut, die sich in ein graues Laken gehüllt hatte, auf dem Flecken waren, und ich weiß noch, dass ich mich dafür schämte. Ich rannte aus dem Haus, klingelte bei der Nachbarin und bat darum, meine Mutter anrufen zu können, damit sie mich abholte.

Danach besuchte ich Raps und meinen Vater ein halbes Jahr lang nicht mehr, was vielleicht dazu beigetragen hat, dass die Dinge kamen, wie sie kamen. Nur weil meine Mutter mich dazu drängte, eine Vase zu holen, die sie bei ihrem Auszug vergessen hatte und die sie sehr liebte, ging ich an einem Sonntag noch einmal hin. Vorher hatte ich versucht, meinen Vater zu erreichen, aber er war nicht ans Telefon gegangen. Es war Abend, als ich die Tür aufschloss und die alte Luft des Hauses einatmete. Nirgendwo brannte Licht, woraus ich schloss, dass mein Vater nicht da war, was mir mein Vorhaben erleichterte, denn so musste ich ihm die Sache mit der Vase nicht erklären. Auch von Raps hörte ich nichts, wahrscheinlich waren die beiden spazieren gegangen. Denn auch wenn er aus dem ehemaligen Schlafzimmer meiner Eltern nicht mehr rauskam, so hatte er doch wenigstens von dort aus noch ein wenig gebellt. Ich stand im leeren Flur und suchte nach dem Lichtschalter. Ich lief ins Wohnzimmer, griff zitternd nach der Vase, die, genau wie es meine Mutter beschrieben hatte, auf dem Eckschrank neben dem Esstisch stand, und rannte, die Vase mit beiden Händen umklammert, zurück zur Haustür. Aber als ich dort stand, konnte ich nicht anders, als die Vase auf dem Schlüsselbrett der Garderobe abzustellen und zurück in den Flur zu schleichen. Ich musste sehen, ob Raps nicht vielleicht doch da war.

Als ich das Licht im ehemaligen Schlafzimmer meiner Eltern einschaltete, stieß ich einen Schrei aus, den ich sofort runterschluckte, denn es ist unheimlich, in einem leeren Haus zu schreien. Raps lag auf dem Ehebett meiner Eltern und sah mich an. Ich brauchte einen Augenblick, um zu verstehen, warum dieses Bild so schrecklich war. Es war nicht nur, weil er noch dünner geworden war und seine Rippen durch das Fell hervorstachen wie Messer, auch hatte ich nicht schreien wollen, weil er auf dem Bett lag, nein, ich schrie wegen seiner Augen. Sie waren blind, ein milchiges Grau, das so feucht und unförmig wirkte, dass man befürchtete, es werde ihm gleich aus den Augenhöhlen tropfen. Raps knurrte. Ich flüsterte: »Raps, ich bin es! Ich!« Raps knurrte weiter. Ich schlich mich davon, konnte aber nicht einfach so gehen und beschloss, ihm seinen Napf aufzufüllen und ihn auf die Schwelle des ehemaligen Schlafzimmers meiner Eltern zu stellen. Dann könnte er fressen, wenn ich weg war. Als ich mich mit dem Napf in der Hand dem Zimmer näherte, knurrte er wieder. Er fing an zu bellen, die Zunge hing ihm aus dem Maul und der Speichel tropfte ihm von den Lefzen. Ich konnte ihn nicht ansehen, weil er so schrecklich aussah, und stellte den Napf geräuschlos ab. »Raps, hier hast du etwas zu essen! Du musst essen!« Raps bellte weiter. »Warum bist du denn so böse geworden?«, flüsterte ich, drehte mich um und ging schnell weg.

Etwa drei Monate später kam mein Bruder aus Amerika zurück. Er wollte nur ein paar Sachen holen und dann wieder zurückfliegen. Meine kleine Schwester und ich gingen zum

Haus unseres Vaters, um uns von unserem Bruder zu verabschieden. Die Begegnung mit Raps blinden Augen war die letzte gewesen, ich war seither nicht mehr dort gewesen. Es war Abend, und unser Bruder hatte Tee gemacht, an dem meine Schwester und ich uns die Hände wärmten, weil das Haus so kalt war. Wir saßen um den Esszimmertisch herum, es brannte eine Kerze und wir schwiegen. Als wir das Haus betreten hatten, hatte Raps nicht gebellt, was allein kein Hinweis darauf war, dass er nicht da war. Aber ich spürte es sofort. Alle paar Minuten murmelte mein Bruder irgendeine Belanglosigkeit, und meine kleine Schwester und ich nickten eifrig. Meine Schwester kletterte auf meinen Schoß, obwohl sie dafür eigentlich längst zu groß war. Mein Bruder spielte mit dem Wachs der brennenden Kerze herum und zuckte mit der Hand zurück, wenn er sich verbrannt hatte, was mich jedes Mal erschreckte. Ich traute mich nicht zu fragen. Wir nickten und lächelten uns zu. Statt zu schreien atmete ich tief ein, als plötzlich unser Vater in der Tür stand. Sein Oberkörper war nackt und so dünn, dass die Schlüsselbeine wie zwei Äste hervortraten. Der Bart und die Haare waren länger geworden, er sah aus wie ein Wald. Dazwischen die Nase wie ein morscher Baumstamm, und Augen, wie Löcher mit trübem Wasser gefüllt. Meine Schwester vergrub ihr Gesicht in meinen Armen und rieb es am Stoff meines Pullovers, als müsste sie irgendetwas tun und wüsste nicht was. Ich konnte nicht aufhören, den Gürtel meines Vaters anzustarren, den er sich so eng um die Hüften geschnallt hatte, dass sich der Stoff der Hose, die ihm einst gepasst hatte, wellte, und ich dachte, dass er aus seiner geschundenen und verwilderten Hülle herausschaute, als wäre er stolz darauf. Er brachte sie uns wie ein erlegtes Lamm. Endlich räusperte sich mein Bruder. Er fragte leise, mit brechender Stimme, ob Raps wie immer unter seinem Bett liege. Mein Vater schüttelte den Kopf, ohne uns anzusehen. Raps, sagte er, habe sich beim Spazierengehen von der Leine losgerissen und sei auf einer Kreuzung unweit von unserem Haus vor ein Auto gelaufen. Er sei sofort tot gewesen, und das überrasche ihn gar nicht. Als mein Vater den Satz beendet hatte, bekam er einen Hustenanfall. Das Tosen und Rasseln in seiner Brust brachte mich auf den Gedanken, dass dort drinnen eine Menge Unrat herumfliegen musste. Aus den Mundwinkeln meines Vaters trat Schaum hervor, aber ich traute mich nicht, aufzustehen und mich um ihn zu kümmern. Ohne ein weiteres Wort ging mein Vater runter in den Keller, von wo aus weiter das abgeschwächte Getöse seines Hustens zu uns drang, die wir, ohne uns gerührt zu haben, noch immer am Esstisch saßen und schwiegen.

Über die genauen Umstände von Raps' Tod sprechen wir heute nicht mehr, aber ich habe damals mit jedem meine Familienmitglieder (außer mit meinem Vater) einzeln geredet und weiß also, dass jeder diese Umstände auf seine Weise verstanden hat. Meine Mutter hatte geseufzt und mit Tränen in den Augen geflüstert, dass der Hund das Ende gefunden habe, das sein Herr für sich vorgesehen habe. Ich sah sie entsetzt an und fragte, was denn das schon wieder heißen solle. Sie sagte, dass unser Vater ihm vielleicht nichts mehr zu essen gegeben habe, nichts mehr zu trinken. Ihn nicht mehr gestreichelt habe. Mit Sicherheit, sagte sie, habe unser Vater Raps nicht gegen Tollwut geimpft, was erklären könnte, warum er sich, gesetzt den Fall, unser Vater habe die Wahrheit gesagt, trotz Leine losgerissen habe. Ob sie eigentlich wisse, was sie da sage, fuhr ich sie an, und dann schwieg sie. Mein Bruder, der bis heute in Amerika lebt und nie zu Besuch kommt, hatte sich am Abend der Nachricht von Raps' Tod mit einer Flasche Wodka betrunken und durch eine möglichst genaue Rekonstruktion des Unfallhergangs verzweifelt versucht, den Todesgrund festzustellen, was natürlich schwierig war, weil wir kaum Details kannten. Er hatte sich ein Blatt Papier und einen Bleistift zur Hilfe genommen und jene Kreuzung, auf der es passiert sein sollte, aufgemalt. Warum er das tat und ob seine Zeichnung in irgendeiner Weise erhellend war, erschloss sich mir damals nicht. Jedenfalls war er zu dem Ergebnis gekommen, dass Raps, entgegen der Behauptung unseres Vaters, nicht angeleint gewesen sein konnte, wobei er seine These darauf stützte, dass unser Vater Raps nie angeleint hatte, obwohl wir ihn immer wieder darum gebeten hatten. Er kam also zu dem Schluss, dass unser Vater schuld war. Meine Schwester stimmte ihm im Wesentlichen zu, gab aber zu bedenken, dass Raps auch einfach weggelaufen sein könnte, weil er das Leben mit meinem Vater nicht mehr wollte. Sie begründete diese Idee damit, dass unser Vater ihn geschlagen und schlecht behandelt habe. Die Leine, sagte meine Schwester, hätte auch kaputt gewesen sein können, was es Raps leichter gemacht haben könnte, sich loszureißen.

Allerdings würde meinen Vater auch dann eine Schuld tref-
fen, weil er alles, was ihm gehörte, verkommen ließ und so die
Sicherheit anderer, in diesem Fall die von Raps, gefährdete.
Aber vielleicht, hatte sie überlegt, war es auch einfach nur ein
dummer Zufall. Ich hielt alles für denkbar. Zufall, Glück, Pech
und dass jeder sich dort hinbringt, wo er glaubt hinzugehören.
Unter ein Auto, in die Zerstörung. Weder meine Geschwister
noch ich wollten an jenem Abend, an dem wir erfuhren, dass
Raps tot war, unseren Vater fragen, was wirklich passiert war.
Keiner von uns hat heute noch Kontakt zu ihm, und wir alle
vermissen den Hund.

Wenn einem etwas Schreckliches passiert, dann ist das, als hätte das, was man bisher für die Wirklichkeit gehalten hat, plötzlich ein Loch, durch das man ihr runter in den Hals gucken kann, an dessen Ende die Dinge zersetzt werden. Egal was man sieht, es ist traurig, und alles geht in deinen Augen kaputt. Ein alter Mann, der neben dir im Bus sitzt und mit beiden Händen eine Papiertüte auf seinem Schoß hält und still aus dem Fenster sieht, ist nicht mehr nur ein alter Mann, der mit einer Papiertüte auf dem Schoß schweigend aus dem Fenster sieht; er ist ein alter Mann, der bald nicht mehr leben und Menschen mit ungeklärten Fragen zurücklassen wird. Das heißt, alles, wirklich alles zeigt nach unten.

Dann soll er doch einfach sterben, dachte ich. Stirb doch, mach!

Möglichkeit 2

Karl

Die Sache mit Karl und seiner Mutter hätte man sich nicht gemeiner ausdenken können, zumindest nicht, wenn man an das Konzept von Strafe glaubt, und das tat Karls Mutter.

Karls Mutter war lange allein gewesen und mit achtzig Jahren noch in der Lage, sich selbst zu versorgen. Sie pflegte in Sprichwörtern sowohl zu denken als auch zu sprechen, und die wichtigsten waren: »Der frühe Vogel fängt den Wurm«, »Müßiggang ist aller Laster Anfang« und »Doppelt genäht hält besser«. Jeden Morgen bearbeiteten ihre kleinen, kräftigen Hände den Inhalt ihrer Drei-Zimmer-Wohnung. Jeden Morgen schüttelte Karls Mutter die Bettdecke aus und hängte sie über den Balkon, jeden Morgen polierte sie das Spülbecken in der Küche, wischte sie den Küchenboden und dann den des Badezimmers, bürstete sie den Toilettenhals, damit sich dort kein Klostein ansetzte (eine ihrer größten Ängste), beseitigte sie Staub, der nicht da war, verrückte sie die Fernsehzeitschrift auf dem hölzernen Tisch vor dem Fernseher leicht, um sie dann wieder in den richtigen Winkel zur Tischkante zu legen. Jeden Morgen verrichteten ihre kleinen, kräftigen

Hände all diese Arbeiten in exakt dieser Reihenfolge, und nun bearbeiteten sie auch Karl, der jedoch vor der Küche und dem Badezimmer dran war. Erst kam Karl, schon immer.

Karl war 54 Jahre alt und lag seit drei Monaten in seinem ehemaligen Kinderzimmer. Er verlor dort regelmäßig den Verstand, aber das machte keinen Unterschied für seine Umwelt, die sich im Wesentlichen auf seine Mutter beschränkte. Das Kinderzimmer war winzig und seit seinem Auszug fast unverändert: die Wände mit der dunklen Holzvertäfelung, der Laminatboden in dem gleichen dunkelbraunen Farbton, die Spitzenvorhänge, die seine Mutter ihm nie gestattet hatte abzuhängen, der schwere Sekretär aus Eiche, der für das Kinderzimmer viel zu groß war und eigentlich ihr gehörte, den sie aber dort hineingestellt hatte, als er eingeschult worden war, der braune Drehstuhl, den sie ihm zu seinem 17. Geburtstag – kurz vor dem Tod des Vater war das gewesen (Krebs) – geschenkt hatte und den er nicht gegen einen in einer anderen Farbe hatte umtauschen dürfen, weil »braun am pflegeleichtesten ist«. Außerdem hatte in Karls altem Kinderzimmer das alte Ehebett seiner Eltern gestanden, das seine Mutter ihm nach dem Tod des Vaters vermacht hatte. Inzwischen war es aus dem Zimmer geschafft und durch ein Krankenbett ersetzt worden, in dem Karl jetzt lag und sich nicht bewegen konnte. Schreien konnte er nicht, sprechen ebenso wenig, und selbst wenn er sich die Zunge hätte abbeißen wollen, wäre er dazu nicht in der Lage gewesen.

Karl war Architekt und in dieser Funktion gefragt gewesen,

*abgesehen davon jedoch nicht so sehr. Vor seinem Sturz hatte
er in Italien eine alte Strumpffabrik in mehrere Loft-Apart-
ments umgewandelt, ein Projekt, für das er beinahe einen
wichtigen Preis bekommen hätte. Dass er ihn nicht bekommen hatte, war nicht so schlimm, er hatte schon genügend
wichtige Preise. Er hatte einen Beruf gehabt, ein Büro, eine
Sekretärin, zwei iPhones, ein iPad, eine Frequent-Traveller-
Karte, er hatte einen dunkelgrünen Jaguar XJ-S53 besessen,
ein Loft in Deutschland und ein altes Bauernhaus in Süd-
frankreich sowie eine Gaggia Orione Espressomaschine aus
dem Jahr 1965. Er hatte eine Putzfrau beschäftigt, die seine
Anzüge zur Reinigung gebracht und seinen geliebten Oran-
genbaum gepflegt hatte, und sein Name erschien gelegentlich
in den Zeitungen. Er war schwul, aber das hatte er seiner
Mutter nie gesagt, vielleicht, weil es ihm genauso wenig gefiel
wie es ihr gefallen hätte, wenn er es ihr gesagt hätte. Wahrscheinlicher war jedoch, dass sie es längst wusste, denn sie
war, auch wenn es ihm schwerfiel, das zu akzeptieren, zwar
ein wenig limitiert, aber nicht blöd.*

*Ohne zu klopfen, betrat sie nun sein Kinderzimmer. Sie lä-
chelte und sagte mit einer Stimme, die so klang, als müsste
sie sich räuspern: »Guten Morgen, Karl! Hast du gut geschlafen?« Sie hielt eine Schüssel mit Wasser in den Händen, trat
an sein Bett und stellte die Schlüssel auf den kleinen Tisch
neben dem Bett. Aus der Tasche ihres scheußlichen Haus-
haltskittels (lila-grünes Blumenmuster, er hatte es nie sehen
können, wenn sie diese Kittel trug, und sie trug sie zu Hause*

*ausnahmslos) holte sie einen Einwegrasierer und Rasier-
schaum, denn sie hatte es nie ertragen können, dass er einen
Vollbart trug, weswegen sie ihn nun, da sie es konnte, jeden
Morgen rasierte. Er sah sie an, fühlte aber, dass es ihm nicht
gelang, sie weiter zu fixieren. Nun sah er sie nur noch ver-
schwommen. Er strengte sich an, er bündelte alles, was er an
Willenskraft hatte, und versuchte sie erneut anzusehen. Sie
sah nicht hin. Neben den Augen waren die Finger seiner linken Hand die einzigen Körperteile, die gelegentlich auf seinen Willen reagierten, wenn auch schwach. Karl versuchte,
seine Finger zu krümmen, und spürte, dass sie sich millime-
terweise zu den Handflächen hin bewegten. Wenn sie sehen
würde, was er da vollbrachte, müsste sie eigentlich erkennen
oder es wenigstens für möglich halten, dass er bei Bewusstsein war. Aber sie sah es nicht, sie schäumte ihm lächelnd Gesicht und Hals ein. Sie summte, es schien ihr ausgezeichnet zu
gehen.*

*Karl schloss die Augen. Es war seine einzige Möglichkeit
zu gehen, wenn er es nicht mehr aushielt, und es war nicht
auszuhalten. Er wollte sterben, jeden Tag, wenngleich ihn die
Handlungen seiner Mutter weder überraschten, noch nahm er
sie ihr übel. Er schloss die Augen. Er konnte nicht sagen, wie
lange er schon hier lag. Er konnte auch nicht sagen, wie lange
es her war, dass er ins Krankenhaus eingeliefert worden war.
Das Letzte, woran er sich erinnerte, waren die graue Unter-
seite des Betonwaschbeckens in seinem Badezimmer und der
Geschmack von Blut. Hier stimmt etwas nicht, hatte er gedacht und verstehen müssen, dass er nicht selbstständig auf-*

stehen, dass er sich nicht mehr bewegen konnte. Er hatte sich an die Gänseleber in Aspik erinnert, die er wenige Stunden zuvor gegessen hatte, und gedacht, dass zwischen der Textur des Aspiks und seinem Zustand irgendein merkwürdiger Zusammenhang bestand. Die Minuten, Viertelstunden (Stunden? War schon eine Stunde vergangen?) waren trübe und dicht. Es war nicht einmal klar, ob es diese Einheiten überhaupt noch gab, denn er als Körper, der in einem Verhältnis zu Raum und Zeit stand, verhielt sich nicht, machte also keinen Unterschied mehr, und der Einzige, der diese Feststellung treffen konnte, war er selbst. Sein Körper konnte verfallen und sich zersetzen, das Aspik konnte austrocknen und ranzig werden, aber ohne ihn. Der Kopf hatte unbeschreiblich geschmerzt, und dieser Schmerz hatte Karl Angst gemacht, und er hatte nicht verstanden, was gerade passierte. Er hatte nur gefunden, dass das Blut in seinem Mund schmeckte wie der erste Espresso nach einer langen Nacht mit viel Alkohol. Er hatte sich gefragt, wie er von dem Badezimmerfußboden, auf dem er lag, ins Bett gelangen sollte, um dort am nächsten Morgen aufwachen, aufstehen und sich einen Espresso machen zu können. Ihm war dann sehr danach gewesen, die Augen zu schließen, um sich auszuruhen, vielleicht sogar für mehrere Monate oder ein ganzes Jahr, und er hatte noch gedacht, dass ein Espresso in diesem Fall nicht das richtige Getränk wäre. Ich brauche wahrscheinlich Hilfe, hatte er überlegt, aber wie soll man mich hier finden? Wenn man mich findet, wird man genau wissen, was ich für einer bin. Die Ledermaske, die Handschellen, das Paddle, die leere Wodkaflasche. Natürlich wird die Putzfrau ihr alles erzählen. Ich liebe Chico, aber er liebt mich nicht. Mama hat immer große Angst davor gehabt, dass sie, wenn sie einen Unfall hätte, Schmutz an ihrer Unterhose haben könnte, der dann den Blicken der Menschen, die ihr halfen oder um sie herumstanden, ausgesetzt wäre. Bei dem Gedanken an die Scham seiner Mutter musste er an den Körper einer Vogelspinne denken. Fett, fleischig, haarig. Und lauernd. Auf dem Boden seines Badezimmers hatte er bei diesem Gedanken auflachen müssen und dann gestöhnt, weil ihm das Lachen wie ein weißer Blitz in den Kopf gefahren war. Dann hatte er das Bewusstsein verloren.

Karls Mutter war mit der Rasur fertig. Auf der Suche nach Bartstoppeln, die sie übersehen haben könnte, inspizierte sie noch einmal seine Haut, aber es war alles glatt. Sie war zufrieden und küsste seine Stirn. Dann hielt sie plötzlich inne und sah zu dem kleinen Fenster links über dem Bett, das von den Spitzenvorhängen verdeckt war.

»Was, wenn er nachts wieder einen epileptischen Anfall bekommt?«, flüsterte sie und hielt sich die Hand vor den Mund. »Was, wenn er sich dabei die Zunge abbeißt und erstickt?« Karls Mutter sah zur Zimmerdecke und seufzte. Sie nahm Karls Ohrläppchen zwischen Daumen und Zeigefinger und sah in den Gehörgang, aber da war nichts, und weil sie wusste, dass es angemessen war, Karls Gehörgänge allerhöchstens alle zwei Tage zu säubern, verzichtete sie darauf, ihm behutsam ein Wattestäbchen ins Ohr zu schieben.

»Nein«, flüsterte sie, »Karls Ohren sind sauber.« Sie seufzte *wieder. Karl war eben wie er war, und ja, da lag er nun. Aber, dachte sie, mir fällt nicht ein, was ich falsch gemacht haben könnte. Natürlich hatte sie darauf bestanden, dass er zu ihr kam und nicht in irgendein Pflegeheim. Sie war sofort zu ihm gefahren, mit dem Zug, 290 Kilometer, und während der Fahrt hatte sie aufrecht dagesessen und ihre Jacke nicht ausgezogen. Sie strich ihm über den Kopf. Seine Augen waren geschlossen, der Mund stand offen. Sie sah auf die Uhr und prüfte mit einem kurzen Blick die Flüssignahrung, die an einem Gestell neben dem Bett hing. Gleich, in genau sechs Minuten, würde sie eine neue Packung an seine Magensonde anschließen müssen. Ja, es gab durchaus Gründe, böse auf Karl zu sein, etwa, dass er sich seit fast zehn Jahren (in zwei Wochen würden es genau zehn Jahre sein) geweigert hatte, sie zu besuchen, sogar an Weihnachten war er nicht gekommen. Ein nicht nachvollziehbares Verhalten, für das es keine Erklärung gab. Sie war dann immer in ein kleines Hotel am Meer gefahren und hatte die Feiertage dort verbracht. Den Nachbarn hatte sie erzählt, sie fahre zu ihrem Sohn, zu Karl. Er hatte sie nicht einmal mehr an ihrem Geburtstag angerufen, und als ihr die Gebärmutter hatte entfernt werden müssen, hatte er sich nicht nach ihr erkundigt. Aber sie hatte ihm verziehen, eine Mutter verzeiht alles, und jetzt, da er so arglos vor ihr lag, konnte sie nicht wütend sein. Wie ein Kind, das schlief. Kleiner Karl. Sie liebte ihren Jungen und hatte eben wieder einmal recht behalten. Sie lächelte. Sie beugte sich ein wenig nach unten und betrachtete Karls Nase. Seit der Pubertät hatte er mit Mitessern auf der Nase zu kämp-*

fen. Nun konnte sie sie ihm entfernen, jeden Tag einen und nur einen. Sie suchte sich einen Mitesser oberhalb des rechten Nasenflügels aus. Sie setzte mit den Daumen an, spannte die Haut, drückte und sah den gelben Talg hervorkommen. Diese täglichen kleinen Operationen machten sie zufrieden und ruhig. Sie hatte Karl immer gesagt, dass er sich gesünder ernähren musste. Nicht so viel fressen. Karl, hatte sie gesagt, wenn du so viel frisst und keinen Sport treibst, ist es kein Wunder, dass dein Gesicht so dreckig ist. Aber am schlimmsten war der Alkohol. Alkohol macht fett und dumm, und das hatte Karl jetzt davon. Da lag er. Müßiggang ist aller Laster Anfang (und ja, das hatte sie ihm schon hundert Mal gesagt, aber so ist es nun mal, Karl!). Sie nahm eine Strähne seines dunklen, fast schwarzen Haars und zog einmal kräftig daran. Sie biss sich auf den Zeigefinger und sah ihm ins Gesicht, aber da passierte nichts. Sie beugte sich zu ihm herunter und küsste ihn, auf die Stirn, die Wangen und den Mund. Jetzt würde alles besser werden. Er war wieder bei ihr, sie konnte auf ihn aufpassen. Vielleicht wachte er ja doch eines Tages wieder auf, und dann, da war sie sich sicher, würde er dankbar sein können.

Karl roch den süßlich-vergorenen Atem seiner Mutter, die seine Nase nach links drückte, um den Nasenflügel besser anschauen zu können. Er sah ihr weiß-graues Haar und ihre faltige Stirn, ebenfalls grau. Er wollte sie am Hals packen und zudrücken. Diesen Wunsch hatte er bereits gehabt, als er sich noch bewegen konnte, aber jetzt, glaubte er, hätte er *es getan. Ihren kleinen sehnigen Körper zu Boden schmeißen und zertrümmern. Ihre knochigen Schultern umfassen und sie schütteln und anbrüllen. Er kannte diese Gedanken und wusste, dass sie wieder vergingen. Er konnte nicht brüllen, aber immerhin Tränen produzieren. Karl schloss die Augen wieder. Er spürte, dass sie ihn an den Haaren zog. Karls Lider zuckten, und er wusste, dass seine Mutter es hätte sehen können, wenn sie gewollt hätte, aber das war ja seit jeher das Problem mit ihr gewesen; dass sie nur sah, was sie sehen wollte. Trotzdem: Sie hätte sehen können, dass er alles verstand, was um ihn herum passierte. Die Frage war allerdings, ob das etwas geändert hätte. Er spürte ihre Lippen auf seiner Stirn, den Wangen und dem Mund. In dem Raum, der sein Körper jetzt war, wurde ihm übel. Seine Gedanken wüteten in seinem Kopf, sie drehten sich und schlugen gegen die Wände, so sehr, dass sein Schädel eigentlich hätte platzen müssen, und dabei ging es nicht einmal um ihre kleinen Quälereien. Es ging darum, dass sie sehen sollte, dass er noch da war. Es wäre besser gewesen, wenn er, auf dem Boden des Badezimmers liegend, an seinen Gehirnblutungen gestorben wäre. Wenn er nicht an einem Dienstagabend, sondern an einem Mittwochabend auf dem glatten Steinboden seines Badezimmers ausgerutscht und gestürzt wäre, denn donnerstags kommt die Putzfrau nicht. Es wäre nicht passiert, wenn Chico ihn an jenem Abend nicht schon um zehn Uhr verlassen hätte, weil er noch einen anderen Kunden gehabt hatte. Chico hatte deswegen nicht, wie sonst üblich, die Nacht bei ihm verbracht. Wäre Chico nicht gegangen, hätte er die*

Wodkaflasche nicht allein geleert, er hätte die Kloschüssel getroffen, wäre nicht auf seiner Pisse ausgerutscht und mit dem Kopf auf dem Steinboden aufgeschlagen. Wenn er ein bisschen auf sich geachtet hätte, also weniger getrunken und gefressen hätte, wäre er nicht hingefallen wie ein nasser Sack. Jetzt war er mager. Er musste etwa 25 Kilo verloren haben. Die Haut hing in schlaffen Taschen an ihm herunter. Sie war weiß wie Mehl und schrecklich dünn geworden. Er konnte sich sehen, wenn er gewaschen wurde, und dabei ekelte er sich. Einmal täglich wusch ihn ein Pfleger, wobei seine Mutter das Zimmer nie verließ. Früher hatte sie ihm verboten, sich im Badezimmer einzuschließen. Irgendwann hatte sie dann den Schlüssel versteckt, und wenn er sich wusch oder duschte, war sie wenigstens einmal reingekommen, um irgendetwas zu holen, und so konnte er sich erst allein waschen, nachdem er mit 24 Jahren ausgezogen war. Jetzt wusch sie ihn jeden Morgen. Seine Mutter war eben immer für ihn da, dachte er, denn »das Auge der Mutter ergründet das Kind bis in die Tiefen des Herzens«, und wenn er gekonnt hätte, hätte er jetzt gelacht. Das war die Strafe. Für sein Leben und was er daraus gemacht hatte, und für seine Undankbarkeit. Denn sie war ja wirklich immer für ihn da gewesen. Wenn sie ihn zur Schule gebracht, seine Hand gehalten und ihn hinter sich her gezogen hatte, weil er nicht gehen wollte. Er war schon damals dick gewesen, und die anderen Kinder hatte ihn geärgert. Sie hatte ihm die Ohren zugehalten, wenn die anderen ihm Gemeinheiten nachgerufen hatten, während er mit ihr über den Schulhof ging. Einmal war sie sogar zu einem der Kinder gerannt und hatte es geohrfeigt, weswegen er dann die Schule hatte wechseln müssen. Als er angefangen hatte zu studieren, hatte sie einen Job in einer Wäscherei angenommen, um ihm monatlich Geld schicken zu können. Zweihundert Mark extra. Selbst als er nicht mehr mit ihr sprach und längst sein eigenes Geld verdiente, war das Geld an jedem Monatsanfang pünktlich auf seinem Konto gewesen, und es hatte ihm in dieser Zeit eine besondere Freude gemacht, es für Alkohol und Männer auszugeben. Im Grunde, dachte er, hatte er den Kontakt zu ihr auch nur abgebrochen, um sie zu ärgern, weswegen sie nie aufgehört hatten, Kontakt zu haben. Karl brauchte seine Mutter.

Er spürte nun ihre Hand auf der Stirn und dann einen feuchten Lappen, was angenehm war.

»Es ist sicherer, wenn ich nachts hier schlafe«, hörte er sie flüstern. Karl öffnete schlagartig die Augen. »Doppelt genäht hält besser.« Sie stand neben ihm und sah ins Leere. Sie war verrückt, natürlich war sie das. Ohne ihn anzusehen, drehte sie sich um und verließ das Zimmer. Sie würde jetzt putzen. Karl war allein. Er fing an zu weinen. Aber er nahm sich vor, gleich mit dem Training seiner linken Hand anzufangen und nicht weiter nachzudenken, das heißt, sich auf keinen Fall zu überlegen, ob sie tatsächlich heute Nacht bei ihm schlafen würde, und sich dieses Bild auch nicht vorzustellen. Nein, er würde gleich mit dem Training seiner Hand beginnen, dachte er und schloss die Augen. Denn die Hand und seine Augen waren seine einzige Chance. Wenn er es schaffen würde, seine Hand wieder zu bewegen, das heißt greifen zu können, würde er sich verständlich machen können. Er würde dem leider ziemlich gelangweilten Pfleger ein Zeichen geben können. Und wenn der es nicht sah, würde er es bei der Physiotherapeutin versuchen, die ihn einmal wöchentlich durchbewegte, und die sehr nett zu sein schien, vor der er sich aber ein wenig fürchtete, weil sie ihn so selbstverständlich und einfühlsam anfasste und außerdem riesige Brüste hatte. Dann gab es auch noch den Arzt, der regelmäßig nach ihm sah. Er konnte nicht sagen, wie oft, aber er würde es rausfinden. Wenn er außerdem lernen würde, seine Augen besser zu beherrschen, könnte er mit ihrer Hilfe kommunizieren. Nach oben gucken für »ja«, nach unten für »nein«. Oder blinzeln, einmal blinzeln, zweimal blinzeln. Je nach seiner Verfassung wechselten seine Phantasien. Wenn seine Mutter ihn gerade rasiert, an ihm herum gedrückt oder ihn gekniffen und an seinen Haaren gezogen hatte, wenn sie mit groben, gelegentlich jedoch fast zärtlichen Berührungen seinen Penis gewaschen hatte, wünschte er sich, sie mit der Hand, die er hoffte wieder bewegen zu können, zu würgen. Er wusste, dass das keine realistische Perspektive war, und träumte stattdessen davon, nach der Bettdecke zu greifen und sie auf den Eingang der Trachialkanüle, die nach einem Luftröhrenschnitt unterhalb seines Kehlkopfes angebracht worden war, zu werfen, um ersticken zu können. Weil er so, als Fleischklumpen und Knochenhaufen ohne die Möglichkeit zu sprechen, zu essen, zu gehen, zu scheißen, zu lesen, sich zu kratzen, zu ficken, also zu leben, nicht leben wollte, aber auch, weil er damit seiner Mutter den größten Schmerz zugefügt hätte. Zu ficken, Mama, zu ficken.

Ficken. Er schrie innerlich und schämte sich für seine Ge-
danken (ficken), es kam ihm lächerlich vor, dass er sich eine
Freiheit einbildete, indem er dieses Wort durch seinen Kopf
brüllte. Am liebsten hätte er sich gleich entschuldigt. Aus
dem Wohnzimmer hörte er seine Mutter staubsaugen. Kleine,
dumme, fleißige Mutter. Wenn sein abgemagerter Hintern
jede Falte der Windel spürte, als liege er auf Tausenden von
Nadeln, und sie ihn dann unter größter Kraftanstrengung er-
löste, indem sie ihn umlagerte, war er ihr unendlich dankbar.
Dann liebte er sie. Er wurde plötzlich sehr müde, wollte aber
noch seine Hand trainieren. Er beschloss wieder, nicht daran
zu denken, dass sie angekündigt hatte, heute Nacht bei ihm
zu schlafen. Manchmal sagte sie Dinge, die sie dann wieder
vergaß, das war das Alter. Es gelang ihm einmal, seine Finger
zu krümmen, dann schlief er ein.

Karls Mutter räumte summend die beiden Stühle am Esstisch
zur Seite und fuhr mit kurzen, entschlossenen Bewegungen
mit dem Staubsauger über den Teppich. Bald würde es wär-
mer, und dann könnte sie Karl in den Rollstuhl setzen und
auf den Balkon schieben. Sie würde sich neben ihn setzen und
in einer Zeitschrift blättern, ihm vielleicht sogar daraus vor-
lesen. Sie stellte die Stühle wieder zurück und ging dabei an
dem Tisch mit dem Telefon vorbei, wobei sie den Zettel sah,
auf dem sie vor einigen Wochen die Nummer eines Freundes
von Karl notiert hatte. Uwe hieß er, und sie hatte noch nie
von ihm gehört. Sie hätte ihn gern gefragt, was er beruflich
machte, hatte sich aber zurückgehalten. Uwe hatte von dem

Krankenhaus, in dem Karl zuletzt gelegen hatte, erfahren, dass Karl nun bei ihr lebte, was eigentlich nicht in Ordnung war. Er wolle Karl gern besuchen, hatte er am Telefon gesagt, wann das möglich sei. Karl brauche noch sehr viel Ruhe, aber sie würde sich melden, sobald ein Besuch möglich sei, hatte sie geantwortet. Sie nahm den Zettel in die Hand, dachte kurz darüber nach, ihn zu zerknüllen und wegzuschmeißen, überlegte es sich aber anders und legte ihn in die Schublade des Telefontischchens unter das Telefonbuch. Sie seufzte und machte sich wieder summend an die Arbeit. Abends würde sie das Klappbett, das in der Kammer neben dem Badezimmer stand, dicht neben sein Bett schieben. Sie würde beim Einschlafen sogar seine Hand halten können. Sie würde ein frisches Laken aus der Wäschetruhe holen und ihre Daunendecken auf das Klappbett legen. Es würde sicher wunderbar bequem werden, und sollte irgendetwas sein, würde sie es sofort merken. Sie traute dem Pflegepersonal nicht. Der Pfleger kam zum Beispiel nie auf die Idee, Karl die ausgetrockneten Mundwinkel einzucremen. Außerdem lagerte er ihn immer auf eine Weise, von der sie genau wusste, dass sie Karl unangenehm war. Er stellte das Kopfteil des Krankenbettes viel zu hoch ein, sodass Karls Gewicht zu stark auf seinem wunden Hintern lag. Die Physiotherapeutin (ein junges Ding mit Tätowierungen und unanständig großen Brüsten) war ihr ebenfalls suspekt, weil sie seit Wochen behauptete, dass Karl seine linke Hand bewege. Sie hatte ihn noch nie seine linke Hand bewegen sehen, und sie musste es schließlich wissen. Welche Musik Karl denn gerne höre, hatte die Physiotherapeutin *wissen wollen. Karl habe nie eine besondere Leidenschaft für Musik gehabt, hatte Karls Mutter geantwortet und war aus dem Zimmer gegangen. Wenig später hatte sie jedoch eingesehen, dass es vernünftiger war, der Physiotherapeutin eine Musikrichtung zu nennen. Barocke Kirchenmusik, hatte sie gesagt. Dennoch war Karls Mutter über die Bemerkung der Physiotherapeutin und die Physiotherapeutin an sich wütend. Was sollte dieser Firlefanz? Diese Frau sollte sich nicht einmischen, und abgesehen davon schien sie die Lage auch völlig zu verkennen. Es ging darum, einen Kranken zu versorgen und ihn nicht durch unnötige Strapazen zu belasten. Herrn Dr. Brussig schätze sie hingegen sehr. Er gab ihr auch immer wieder zu verstehen, wie vorbildlich sie ihren Sohn pflege und wie tapfer sie dabei sei. Karls Mutter hatte sich inzwischen auf das Sofa gesetzt und die Hände im Schoß gefaltet. Kopfschüttelnd stand sie auf, um das Laken aus der Truhe zu holen und für später bereitzulegen.*

Abends lagen Mutter und Sohn still nebeneinander. Nur wenn Karl atmete, war das klickende Geräusch der Trachialkanüle zu hören. Es war dunkel, aber Karls Augen waren offen. Seine Mutter hielt die Hand, deren Finger er bewegen konnte. Sie strich ihm in unregelmäßigen Abständen über den Handrücken, woraus er schloss, dass sie wach war. Karl wagte es nicht, die Augen zu schließen, es war, als müsste er das Geschehen im Zimmer bewachen. Plötzlich fühlte er ihre Hand in Höhe des Bauchnabels auf seinem Körper. Sie tastete und war wenig später auf der Höhe seiner Scham. Karl dachte, sie habe sich verirrt, und wartete darauf, dass sie ihre Hand wegziehen würde. Aber ihre Hand fuhr ihm unter die Schlafanzughose und griff nach seinem Penis. Sie streichelte und knetete ihn. Das Klicken der Trachialkanüle wurde heftiger und Karl überlegte, ob sie das jemals vorher getan hatte und ob er sie gerade nicht doch völlig missverstand. Vielleicht träumte sie, vielleicht träumte er, in seiner Situation verrückt zu werden, war schließlich naheliegend. Er blickte in das Dunkel des Zimmers, er atmete heftig und plötzlich bewegte er die Finger seiner linken Hand, die noch immer von seiner Mutter gehalten wurde. Er bewegte seine Finger stärker und kraftvoller als er es bisher gekonnt hatte, beinahe umschloss er die Hand seiner Mutter, er presste, drückte zu; es war, als explodierte er, und er glaubte, ohnmächtig zu werden, wobei er dachte, dass er das doch längst war, ohnmächtig, und er drückte ein weiteres Mal fest die Hand seiner Mutter und wusste, dass er sich damit, sollte er nicht träumen, verraten hatte.

Als Karl am nächsten Morgen aus einem schrecklichen Albtraum erwachte, fand er an seiner linken Hand einen Boxhandschuh.

Was wird mit Karl passieren? Was zwischen ihm und seiner Mutter? Wird er es schaffen, die Physiotherapeutin auf sich aufmerksam zu machen? Wird er weitere Teile seines Körpers aktivieren können? Kommt Uwe und rettet ihn? Kann Karl dann, obwohl behindert (oder vielleicht gerade deswegen), endlich ein Leben führen, das ihm entspricht? Möchte er das überhaupt? Wäre es nicht schlüssiger, wenn Karl sich nach mühsamem, geheim gehaltenem Training und sorgfältiger Planung umbringt?

Der Unterschied zwischen gemachten Geschichten und dem, was man Leben nennt, ist, dass Geschichten auf einen Punkt zulaufen, der sich Ende nennt. Ein Problem wird gelöst, eine bestimmte Annahme bestätigt oder widerlegt, und daraus ergibt sich eine Sichtweise auf das Leben und wie es funktioniert. Eine pessimistische Sichtweise oder eine optimistische, meistens jedoch eine, die nicht davon ausgeht, dass die Dinge zufällig und beliebig geschehen, sondern geordnet, gelenkt und mit einem geheimen, aber sinnvollen Punkt am Ende. Als ich nicht wusste, ob und wenn ja, wie mein Vater überleben würde, erzählte ich mir also Geschichten. Weil ich das Warten nicht aushielt und Eindeutigkeit brauchte, und meine liebste Geschichte ging so:

Möglichkeit 3
Der Sturz

Lottes und Luises Eltern sprachen kein Wort mehr miteinander und hatten sich scheiden lassen, was man damals, als die Zeit noch schwarz-weiß war, einen Skandal nannte, wenn auch flüsternd. Wie alle Scheidungskinder wünschten sich die Zwillinge nichts mehr, als dass ihre Eltern sich wieder vertragen würden. Aber Lotte und Luise waren nicht auf den Kopf gefallen. Sie wussten, dass dies ein unerfüllbarer Wunsch war, der nur wahr werden konnte, wenn ihr Vater ein ganz neuer Mensch würde, und seit wann werden aus Menschen plötzlich bessere Menschen? Das, so sagt man, passiert höchstens im Kino.

Der Tag, an dem die Scheidungsnachricht kam, war ein Montag Anfang Mai gegen halb fünf, und der Vater war, wie immer um diese Zeit, in seinem Stammrestaurant im Hotel Oberon und überprüfte eine Liste von Dingen, die er für wichtig hielt. Der Vater von Lotte und Luise war nämlich ein berühmter Dirigent und fand, als Dirigent gehöre sich das so. Wie immer saß er auf dem Platz gleich links neben dem Fenster, trank Champagner und aß Donauwelle. Wie immer um diese Zeit des Tages hatte er kurz zuvor das Mittel genommen, das die Großen in der Stadt nahmen, um noch größer zu werden. Mit Hilfe dieses Mittels konnte man nämlich doppelt so schnell denken, sprechen, rennen, schlafen und essen wie andere Menschen, weswegen kaum ein Mensch, der das Mittel nicht nahm, mit einem Menschen, der es nahm, gern sprach, und das war einer der Gründe, weshalb Lottes und Luises Mutter nicht mehr bei dem Vater sein wollte, doch dazu später.

Der Vater saß also an seinem Stammplatz und hakte eine wichtige Sache nach der anderen ab, als der Kellner Krause neben ihm erschien. Er reichte ihm ein Silbertablett, auf dem ein Telegramm lag. Da der Vater am Tag bis zu hundertfünfzig Telegramme bekam, wie er gegenüber seinen Töchtern gelegentlich betonte, beeindruckte ihn das Telegramm zunächst wenig. Er zog an seinem Zigarillo und nickte dem Kellner Krause zackig zu, der seinerseits nickte, das Telegramm mitsamt dem Tablett auf dem Tisch ablegte und auf dem Absatz kehrt machte. Der Vater rauchte und hakte in aller Ruhe einen weiteren Punkt auf seiner Liste ab (rechtzeitig daran denken, den Gärtner damit zu beauftragen, zum Muttertag ein großes Herz in den Rasen zu mähen), denn auch wenn er immer in Eile war, legte er Wert darauf, dass es so aussah, als erledigte er die Dinge in aller Ruhe. Nachdem er sein Zigarillo im Aschenbecher abgelegt hatte und sich einmal durch das von Pomade glänzende Haar gefahren war, wandte er sich endlich dem Telegramm zu.

Notfall Stopp Ihre Frau will Scheidung Stopp Kommen Sie morgen früh in die Kanzlei Stopp Ergebenst Ihr Dr. Schluck.

»Donnerwetter!«, rief Lottes und Luises Vater plötzlich gar nicht mehr ruhig. »Don-ner-wet-ter!« Er leerte sein Glas, schenkte Champagner nach, leerte es wieder und tat das so lange, bis nichts mehr in der Flasche war. Dann schmiss er sie auf den Boden, wo sie mit einem lauten Klirren in tausend Scherben zersprang. Inzwischen war er rot angelaufen und atmete schwer.

»Krause! Herkommen!«, brüllte er, und Herr Krause, der die Szene aus sicherem Abstand verfolgt hatte, eilte herbei. Der Vater nahm die restliche Donauwelle und klatschte sie Herrn Krause ans Revers.

»Das haben wir jetzt davon«, schrie er und stürzte aus dem Restaurant in ein Taxi, wobei er sein Hemd öffnete, weil er glaubte, gleich ohnmächtig zu werden. Es gelang ihm jedoch, dem Taxifahrer die Adresse des Hauses zuzujapsen, in dem er mit seiner Frau und den Zwillingen wohnte und das er, wie er befürchtete (auch wenn er das nie zugegeben hätte), die längste Zeit bewohnt hatte. Als das Taxi endlich vor dem Haus hielt, erblickte er eine große Ansammlung von Dingen und musste erkennen, dass es sich dabei um seine handelte. 23 maßgeschneiderte Anzüge, 23 maßgeschneiderte Hemden, 16 Paar schwarze und 7 Paar braune Lederschuhe, ein Grammophon, etwa 250 Schallplatten, eine Kiste voller Noten, eine Kiste voller Bücher, sein Rasierer und der dazugehörige Rasierpinsel sowie ein Adressbuch. Der Vater konnte in jenem Augenblick nicht anders als zu folgern, dass seine Frau ihn wohl tatsächlich rausschmiss, so wie sie das schon hundertmal angekündigt hatte. Der Vater schlug die Hände vors Gesicht, doch dann besann er sich. Das Vernünftigste wäre es nun, mit seiner Frau zu sprechen. Er versuchte in das Haus zu gelangen, scheiterte aber bereits am Gartentor. Sie musste die Schlösser ausgetauscht haben.

»Skandal«, schrie Lottes und Luises Vater. Er rüttelte am Gartentor, er klingelte Sturm, aber es passierte nichts. Nur der Vorhang des großen Wohnzimmerfensters bewegte sich ein wenig, und dahinter standen Lotte und Luise, die ihrer ebenfalls rot angelaufenen Mutter Luft zufächerten.

Kurzentschlossen rannte Lottes und Luises Vater ins Nachbarhaus, wo die Nachbarin gerade mit Lockenwicklern auf dem Kopf auf der Veranda saß und ihren Mops striegelte, den sie in ein Gespräch über die Unmöglichkeit ihrer Nachbarn zu verwickeln versuchte, nämlich Lottes und Luises Eltern, die sich wieder einmal zu streiten schienen – »wie die Kesselflicker«, flüsterte die Nachbarin dem Mops zu, und in diesem Augenblick stürmte aus dem Nichts Lottes und Luises Vater an ihr vorbei und schnurstracks ins Wohnzimmer auf das Telefon zu. Die Nachbarin sprang auf, der Mops ebenfalls, keuchend folgten sie dem Vater nach drinnen, wo sie mitanhörten, wie er beim Wachtmeister anrief und ihn zum Schauplatz bestellte, »und zwar pronto!«. Ohne eine Erklärung für nötig zu halten, rannte der Vater nun aus dem Haus der Nachbarin, die ihren Mops schnappte, sich in Bewegung setzte wie eine alte Lokomotive und schließlich völlig außer Atem vor dem Gartentor der zerstrittenen Ehepaares zum

Stehen kam, wo der Vater von Lotte und Luise fluchend im Kreis rannte.

Der Wachtmeister fuhr mit Blaulicht vor und legte eine Vollbremsung hin, was sowohl den Vater als auch die Nachbarin sehr befriedigte, weil es ihre Annahme, dass man es hier mit einer dramatischen Situation zu tun hatte, hervorragend unterstrich.

»Guten Tag«, sagte der Wachtmeister mit ernster Miene und faltete die Hände über dem dicken Bauch, »welches Problem liegt vor?«

»Meine Frau und meine Kinder Lotte sowie Luise sind da drinnen«, erklärte der Vater vom Im-Kreis-Rennen noch ganz außer Atem, »und es sieht danach aus, als wolle mich meine Frau nicht mehr in unser von mir gekauftes Haus lassen! Ja, Sie haben richtig gehört! Was sagt man dazu?«

Der Wachtmeister zwirbelte eine Weile an seinem Schnurrbart. Er schien angestrengt nachzudenken und ging dann zum Kofferraum seines Autos, aus dem er ein Megafon hervorholte.

»Sehr gut!«, sagte Lottes und Luises Vater, klatschte in die Hände und nickte dem Wachtmeister zu.

Nachdem der Wachtmeister die Mutter von Lotte und Luise mithilfe eines Megafons etwa eine halbe Stunde lang dazu aufgefordert hatte, sofort die Tür zu öffnen, hatte sie sich geschlagen geben müssen, und der Vater, die Mutter, Lotte und Luise, der Wachtmeister, die Nachbarin und der Mops standen im Flur des Elternhauses. Neben den Genannten *war auch noch Alcatraz zugegen, der Papagei der Familie. Er saß in einem großen, runden Käfig, der von der Decke herabhing. Der Vater hatte einige Male das Wort »Skandal« wiederholt, und das tat Alcatraz nun auch. Lotte und Luise standen ein wenig abseits von den Erwachsenen, guckten ernst und hielten sich bei den Händen. Ihre Mutter presste sich ein in Duftwasser getränktes Taschentuch vor die Nase und war weiß wie das Teeservice, das sie von ihrem Mann einst zur Hochzeit geschenkt bekommen hatte, obwohl sie sich damals viel mehr über ein Fernrohr gefreut hätte, mit dem sie und ihr Mann gemeinsam in die Sterne hätten gucken können. Sie war nämlich eine sehr romantische Person und schrieb in ihrer Freizeit Gedichte. Der Vater von Lotte und Luise fand, dass sie, im Gegensatz zu ihm, entschieden zu viel Freizeit hatte und obendrein schlechte Gedichte schrieb, in denen er viel zu schlecht wegkam, aber das sagte er nur, wenn die beiden Streit hatten, was allerdings häufig vorkam. Die Mutter fand, der Vater sei zu oft weg, wolle sie nie dabei haben, gehe immer mit anderen und nie mit ihr ins Kino oder Theater und mache in seiner Freizeit weiß-der-Himmel-was, und wenn er dann da sei, verursache er im Haus ein Chaos, das sie aufräumen müsse. Außerdem sabotiere er den von ihr ins Leben gerufenen Gedichtzirkel, der einmal wöchentlich stattfand, indem er ausgerechnet dann, und eigentlich nur, zu Hause war und die Gedichtzirkel-Mitglieder dazu aufforderte, während des Gedichtzirkels ausschließlich zu flüstern und auf Zehenspitzen zu laufen, weil er andernfalls seine Schaffenskraft bedroht sah.*

Und dann gab es natürlich noch das große Problem mit dem Mittel, das der Vater nahm, das es, so sagte die Mutter immer zu Lotte und Luise, ja ganz und gar unmöglich mache, sich mit diesem Mann zu unterhalten, geschweige denn, ihn zu verstehen beziehungsweise mit ihm unter einem Dach zu leben.

All das hatte die Mutter in Gegenwart des Vaters, des Wachtmeisters, der Nachbarin und ihrem Mops, der Zwillinge und Alcatraz durch den Flur gerufen. Lotte und Luise saßen inzwischen nebeneinander auf der Holztreppe, die nach oben zu den Schlafzimmern führte. Die Mutter hatte geschrien und gehaucht, und jetzt schluchzte sie. Alcatraz imitierte ihr Schluchzen, weswegen die Mutter nicht in Ruhe schluchzen konnte, sondern Alcatraz ermahnen musste, der sie daraufhin eine »dumme Gans« nannte. Die Nachbarin guckte betreten, Lotte und Luise ebenfalls, der Vater raufte sich die Haare, der Wachtmeister zwirbelte seinen Bart.

»Liebe Frau Dirigentin«, sagte der Wachtmeister schließlich, »was ist hier eigentlich konkret meine Funktion? Will sagen: Wie kann man Ihnen helfen?«

»Dieser Frau ist nicht zu helfen!«, brüllte der Vater, und die Zwillinge zuckten zusammen.

Die Mutter atmete noch schneller, als sie es ohnehin getan hatte, und flüsterte: »Ich lasse mich scheiden, und wenn mein Mann nicht auszieht, nehme ich Gift!«

Und sie spuckte das Wort »Gift« aus, als handele es sich dabei tatsächlich um ein giftiges.

»Gift! Gift«, wiederholte Alcatraz.

Die Nachbarin stieß einen Schrei aus, der Vater vergaß sich, schnupfte gleich drei Prisen seines Mittels, das er immer in einem silbernen Döschen bei sich trug, und begann augenblicklich im Kreis zu rennen. Lotte stand der Mund offen, Luise machte ihn ihr wieder zu, indem sie Lottes Kinn nach oben klappte. Die Mutter presste sich die gespreizten Finger gegen die Schläfen.

»Herr Dirigent«, sagte der Wachtmeister, nachdem er die Augen geschlossen und eine Weile in sich gegangen war, wobei jeder sehen konnte, dass er seine entscheidende Rolle genoss. »Herr Dirigent, wenn das so ist, müssen Sie wohl ausziehen!«

»Sind Sie wahnsinnig geworden?«, flüsterte der Vater, und es war, als sei ihm das Gesicht runtergefallen.

»Aber nein!«, begann der Wachtmeister bereitwillig zu erklären und wedelte mit dem Zeigefinger durch die Luft, »Es ist ganz logisch: Erstens weiß man bei Frauen nie, und zweitens ist es als Polizist doch wohl meine vorderste Aufgabe, Todesfälle zu verhindern.«

Luise wollte aufstehen und eingreifen, aber Lotte hielt sie zurück. Sie zitterte, und Luise biss sich in die Hand. Der Wachtmeister faltete die Hände vor dem großen Bauch, als würde er »Amen« sagen wollen, er schloss die Augen und legte den Kopf in den Nacken.

»Und was wird aus uns?«, rief Luise schließlich doch und sprang auf.

»Ihr bleibt bei mir!«, riefen der Vater und die Mutter gleichzeitig.

»Ausgeschlossen«, schrie die Mutter den Vater an.

»Nur über meine Leiche!«, brüllte der Vater zurück.

»Leiche! Ausgeschlossen!«, krächzte Alcatraz.

»Ich bringe dich um!«, schrie die Mutter.

Der Wachtmeister erkannte, dass die Gemüter erhitzt waren, und wurde nun doch etwas nervös. Er wusste einfach nicht, wie dieser Fall rechtmäßig zu lösen war. Er konnte weder jemanden festnehmen, noch einen Strafzettel schreiben oder eine Anzeige aufnehmen, hinzu kam, dass er bald gehen musste, denn er war zum Kino verabredet.

Der Wachtmeister zwirbelte seinen Bart, die Nachbarin starrte angestrengt zur Decke. Der Vater sah böse in Richtung der Mutter, die Mutter sah böse in Richtung des Vaters, wer damit angefangen hatte, ließ sich nicht feststellen. Luise tupfte mit ihrem Kleid in Lottes Gesicht herum, die nicht aufhören konnte zu weinen.

Und da rief die Nachbarin plötzlich: »Ich hab's! Es sind doch zwei Mädchen! Eins für den Vater, eins für die Mutter!« Die Nachbarin fand ihren Vorschlag unglaublich einleuchtend und strahlte.

Und genauso wurde es dann auch gemacht.

Noch am gleichen Tag zog der Vater mit Lotte und Alcatraz in eine Suite im siebten Stockwerk des Oberon Hotels. Umgehend beauftragte er einen Makler damit, eine Wohnung für sich und Lotte zu suchen, die so weit wie möglich von dem Haus entfernt sein sollte, in dem nun nur noch Luise und ihre Mutter wohnten. Gegenüber dem Makler bestand der Vater darauf, dass die Fenster der neuen Wohnung nach Norden, Westen, oder Osten hinausgehen würden, auf keinen Fall aber nach Süden, denn dann hätte er (wären nicht die zig-tausend Häuser der riesigen Stadt dazwischen gewesen) ja direkt auf das Haus jener Frau gucken müssen, die sich von ihm scheiden lassen wollte, und das fand er indiskutabel. Den einzigen Vorteil, den Lotte an der neuen Situation finden konnte, war, dass sie jeden Tag Schnitzel mit Pommes Frites essen konnte, wenn sie es gewollt hätte. Aber sie wollte nicht, weil sie, seit sie von ihrer Mutter und Luise getrennt war, kei-nen Hunger mehr hatte (der Kellner Krause hatte aus Sorge um sie auch schon begonnen, sie beim Essen anzufeuern, was Lotte wahnsinnig albern fand). Angenehm am Hotelleben war einzig, dass Lotte ihr Bett nicht mehr machen musste und nun, da ihre Mutter es nicht verbot, den ganzen Abend in der Badewanne liegen bleiben durfte, bis ihre Füße aussahen wie Mondlandschaften.

Jene Annehmlichkeiten freuten Lotte jedoch nicht beson-ders, um genau zu sein freuten sie sie überhaupt nicht, denn Lotte freute sich grundsätzlich nicht mehr. Der Vater hatte sie sofort auf eine teure Schule geschickt, die ausschließlich von Mädchen besucht wurde, die in Gegenwart der Lehrer sehr brav und in deren Abwesenheit sehr gemein waren. Der Vater aber war stolz darauf, dass er für die Schule so viel Geld bezahlte, und davon überzeugt, dass Lotte dort vorbildlich erzogen und es später mit Sicherheit einmal weit bringen würde, vielleicht sogar in die obersten Etagen der Politik oder des Balletts. Das und mehr hatte er der traurigen Lotte ex-trem schnell sprechend versichert, so schnell, dass Lotte den Vater kaum verstanden hatte, denn er nahm das Mittel jetzt *noch häufiger und war, wie Lotte fand, völlig außer Rand und Band.*

Und Luise? Luise hatte es mit einer weinenden oder zumindest seufzenden Mutter zu tun, der sie nicht zeigen wollte, wie sehr ihr der Vater und Lotte fehlten, um sie nicht zu kränken. Luise zwang sich, in der Gegenwart der Mutter viel zu lächeln, und machte morgens sogar freiwillig ihr Bett. In der Schule saß Luise nun mit fest verschlossenem Mund auf ihrem Platz und biss sich auf die Lippe, um zu verhindern, dass sie gegenüber den Lehrern frech wurde, eine Strategie, die sie zusammen mit Lotte entwickelt hatte. Die Mutter schrieb derweil massenhaft traurige Gedichte und fing wieder an zu rauchen, was sie wegen des Vaters einst aufgegeben hatte. Obwohl ihr Anwalt genug Geld für sie ausgehandelt hatte, fing sie als Sekretärin in einer Anwaltskanzlei an, vielleicht, weil ihr das die Möglichkeit gab, sich noch schlechter zu fühlen.

Es war verflixt. Die einst sehr lebhafte Luise machte sich große Sorgen und wurde immer braver, die schon immer stille Lotte machte sich ebenfalls Sorgen und wurde noch stiller. Die Kinder sorgten sich um ihre Eltern und mussten dabei den Eindruck vermitteln, sie seien die Kinder und nicht etwa die Eltern. Denn sowohl die Mutter als auch der Vater machten alles, was der jeweils andere an ihnen einst kritisiert hatte, nun doppelt so häufig, und das war nicht gesund, und insofern waren sie wohl fester verheiratet als je zuvor. Die Mutter wurde noch ordentlicher, der Vater noch unordentlicher; die Mutter verließ das Haus nicht mehr, der Vater raste von einem Fest zum nächsten; die Mutter rauchte, der

Vater nahm sein Mittel, die Mutter sparte, der Vater schmiss das Geld zum Fenster raus. In einem Punkt aber unterschieden sie sich nicht: Sie wollten über den anderen siegen. Sie wollten so sehr siegen, dass der Vater Lotte schließlich verbot, ihre Schwester zu besuchen, weil sie mit ihrer Mutter, seiner geschiedenen Frau, in einem Haus wohnte, und daraufhin die Mutter Luise verbot, Lotte bei ihrem Vater zu besuchen, weil der einen schlechten Einfluss auf die Kinder habe. Als sie dann hörten, was sie ihren Kindern da jeweils verboten hatten, waren sie derart erzürnt über einander, dass sie ihren Kindern auch noch den Umgang miteinander verboten.

Die beiden sahen sich natürlich trotzdem. Aber der Weg von dem Haus der Mutter zum Oberon-Hotel (dort wohnten sie auch noch nach einem halben Jahr, der Makler fand einfach kein passendes Objekt) war weit, und so telefonierten die Zwillinge, wenn sie sich nicht treffen konnten. Und obwohl diese Telefonate nie besonders heiter waren, wurde es eines Abends besonders ernst. Luise rief an und sprach mit zittriger Stimme.

»Mama hat einen Mann kennen gelernt. Er heißt Rüdiger und ist so groß, dass er aus einer Dachrinne Kaffee trinken kann!«

»Was?«, rief Lotte.

»Die Kanzlei. Ihm gehört die Kanzlei, in der Mama jetzt arbeitet«, würgte Luise hervor, als fände sie jedes einzelne Wort eklig.

»Sind die jetzt verliebt oder was?«, fragte Lotte ängstlich.

»Sieht so aus. Sie gehen tanzen. Schon zum zweiten Mal diese Woche. Mama sagt, er ist ganz lieb und ruhig«, sagte Luise und flötete die letzten drei Worte so, wie ihre Mutter es immer tat, wenn sie ein schlechtes Gewissen hatte.

»Igitt«, flüsterte Lotte.

Die beiden schwiegen. Schweigen jedoch war teuer, und so überwand sich Lotte und sagte: »Luischen, ich muss dir leider melden, dass Papa mir auch keine Freude macht. Er kommt eigentlich gar nicht mehr nach Hause, und ich habe den Eindruck, dass er nur noch von seinem Mittel lebt.«

Sie schwiegen wieder. Dann weinten sie und trösteten sich gegenseitig und einigten sich darauf, dass ein Plan her musste. Er ging so: Dem Vater sollte sein Mittel versteckt werden, damit er sich endlich besann, und die Mutter würden sie von nun an daran hindern, tanzen zu gehen, indem Lotte regelmäßig in Ohnmacht fallen würde, wenn die Mutter sich auf den Weg machen wollte. Und zwar Lotte, nicht Luise, denn Lotte war die entschieden sensiblere der beiden und konnte besser schauspielern, da waren sich die Zwillinge einig. Hingegen war Luise weitaus mutiger und geschickter und sollte deswegen für das Verschwinden des Mittels zuständig sein. Kurz: Es schien den beiden das Beste, sich für ihr Vorhaben zu vertauschen. Abgesehen davon hatten sie mal einen Kinofilm gesehen, in dem ein Zwillingspärchen genau das tat, und am Ende hatten sich die Eltern sogar wieder vertragen. Gleich am nächsten Tag nach Schulschluss wollten sich die beiden vertauschen.

Es wurde eine Katastrophe. Es begann damit, dass die vertauschte Lotte vergessen hatte, dass ihre Mutter mit dem Rauchen angefangen hatte und sie entsetzt ansah, als diese sich nach dem Mittagessen eine Zigarette ansteckte. »Was soll das?«, fragte Lotte mit aufgerissenen Augen.

»Aber Luise, das Thema hatten wir doch jetzt wirklich zu Genüge!«, entgegnete die Mutter, nahm einen tiefen Zug und stieß genervt den Rauch aus. Sie dachte sich erst mal nichts dabei, schob die Empörung ihrer Tochter auf deren grundsätzliche Verwirrung, rauchte in Ruhe ihre Zigarette weiter und starrte beleidigt in die Luft. Als die Mutter Lotte wenig später dann aber rote Grütze zum Nachtisch vorsetzte und Lotte als Luise nicht maulte, wurde die Mutter ein wenig misstrauisch. Luise konnte rote Grütze nämlich nicht ausstehen, sie fand, dass rote Grütze »eine Gemeinheit« war. Nun gut, vielleicht vermisste das Kind einfach seine Schwester, dachte die Mutter und sagte nichts. Erst, als sich die Mutter nach den Hausaufgaben erkundigte und ihre Tochter bereitwillig Auskunft gab und die Aufgaben sogar aus dem Kopf aufsagen konnte, war die Mutter sicher, dass sie nicht mit Luise, sondern mit Lotte an einem Tisch saß.

»Oha!«, sagte die Mutter und zog ihre Augenbrauen so hoch, dass sie fast bis zum Haaransatz reichten. »Oooooo-ha!«, sagte sie noch einmal und noch lauter, und da wusste Lotte, dass sie enttarnt war. Sie protestierte ein wenig, konnte aber ganz schlecht lügen: »Mutti, da liegt eine Verwechslung vor! Das bildest du dir nur ein! Du bist vielleicht überarbeitet und hast zu viele Sorgen und ... bist übermüdet vom Tanzen!«, versuchte sie abzulenken, aber die Mutter war mit einem Satz bei ihr und zeigte auf ihre Füße.

»Schuhe und Socken aus, Fräulein!«, befahl sie, denn Lotte war an den Fußsohlen kitzlig und Luise nicht. Die Mutter kitzelte mit strenger Miene, Lotte lief rot an, konnte sich aber nicht beherrschen und fing an zu quieken, und das war der endgültige und unumstößliche Beweis.

Wenig später saß die vertauschte Lotte mit ihrer weinenden Mutter im Auto. Sie fuhren einmal quer durch die Stadt zum Oberon Hotel.

»Ist das tragisch! Ist das traa-gischsch!«, rief die Mutter in einem fort und tupfte sich mit einem geblümten Stofftaschentuch die Tränen von den Wangen. Rings herum hupten die Autos, denn die Mutter fuhr zu schnell, wenn sie langsam fahren und zu langsam, wenn sie schnell fahren sollte. Es war, als würde sie überhaupt nicht merken, dass sie fuhr. Lotte hielt sich die Hand vor die Augen und spähte zwischen den Fingern hindurch abwechselnd zur Mutter und auf die Straße. Die Häuser flogen an ihr vorbei, sie beugten sich zu ihr herunter und sahen ihr stumm ins Gesicht, als bedauerten sie Lottes Lage, könnten ihren gierigen Katastrophenblick aber nicht abwenden. Lotte kniff die Augen zusammen.

»Ist das tragisch!«, seufzte die Mutter, »jetzt habe ich meine Lotte wieder und nun fehlt mir meine Luise! Tragisch! Ich kann sie dort nicht allein lassen! Was mache ich bloß?«

Um schneller zu dem Hotel zu gelangen, fuhr die Mutter nun durch eine Fußgängerzone, wie Lotte mit einem halb geöffneten Auge erkannte. Menschen schrien und sprangen zur Seite, aber die Mutter sprach in einem fort mit sich selbst und schien es nicht wahrzunehmen.

»Mutti!«, flüsterte Lotte. Die Mutter stöhnte und weinte.

»Tragisch! Ich werde wohl ein Gedicht darüber schreiben müssen!«, rief sie und zündete sich eine Zigarette an. Dabei ließ sie das Lenkrad los und sah nicht auf die Straße. Schnell griff Lotte nach dem Lenkrad erledigte das Lenken für ihre Mutter. Als diese wieder aufsah, waren sie bereits wenige Meter von dem Vorplatz des Oberons entfernt. Noch immer lenkte Lotte, die aber völlig vergaß, was sie tat, als sie einen Krankenwagen, großes Getümmel und wenig später Luise auf dem Vorplatz des Hotels erblickte. Lotte stieß einen Schrei aus, sie lenkte das Auto direkt auf den Krankenwagen zu. Auch die Mutter hatte Luise inzwischen in der aufgeregten Menge entdeckt.

»Luise«, schrie sie, trat auf die Bremse, und mit quietschenden Reifen kam das Auto direkt neben dem Krankenwagen zum Stehen, dessen Türen gerade geschlossen wurden und der mit Blaulicht und Martinshorn davon raste. Lotte sprang aus dem Auto und rannte auf Luise zu, die Mutter hinterher.

»Was ist passiert? Luise!«, rief Lotte. Luises Kinn zitterte, die Tränen liefen ihr aus den Augen. Die Mutter kniete sich vor sie und umarmte sie. »Papa ist aus dem Fenster gesprungen und auf den Kopf gefallen«, schluchzte sie.

»Was?«, riefen Lotte und die Mutter gleichzeitig.

»Ja, ich habe das Mittel die Toilette heruntergespült. Dann hat er es gesucht und gebraucht und ist wild geworden. Er ist

118

*durch die Wohnung gerannt wie ein verrückter Affe und dann
plötzlich nach draußen. Er ist in ein Taxi gestiegen, ich auch,
ihm hinterher, aber ich habe ihn im Verkehr verloren. Ich bin
weiter durch die Stadt gefahren und habe ihn gesucht, und
dann wieder zurück ins Hotel. Als ich oben im Zimmer ankam,
hörte ich einen langen Schrei. Das Fenster stand offen, und
den Rest hat mir Alcatraz erzählt!«, erklärte Luise weinend.
Die Mutter und Lotte weinten inzwischen auch, die drei hielten sich bei den Händen.*

*»Was hat dir Alcatraz erzählt?«, fragte die Mutter mit dün-
ner Stimme.*

*»Papa ist losgefahren, um sich das Mittel zu holen. Er
wollte es so unbedingt haben, dass er, als er es dann hatte,
alles auf einmal genommen hat ›Alles auf einmal, alles auf
einmal‹, hat Alcatraz immer wieder gekrächzt. Und dann« –
Luise konnte kaum weiter reden – »dann dachte er, er könne
fliegen, und ist aus dem Fenster gesprungen. ›Ich kann fliegen‹, hat er zu Alcatraz gesagt und ist gesprungen! Unten
mussten sie ihn sofort an eine riesige Maschine anschließen,
damit er nicht stirbt!«*

*Die Mutter verbarg ihr Gesicht in den Händen, ihre Schul-
tern bebten. Die Zwillinge rechneten damit, dass sie gleich beginnen würde, in allen Varianten über den Vater zu fluchen,
ja, sie waren sich sicher, dass ihre Mutter ihnen augenblicklich und in Zusammenarbeit mit der Polizei den Umgang ver-
bieten würde. Aber die Mutter sah, noch immer kniend, auf,
wischte sich die Tränen aus dem Gesicht, lächelte traurig und
liebevoll und flüsterte: »Ist das tragisch! Kommt Kinder, wir*

fahren ins Krankenhaus. Ach, nun werden es zwei Gedichte, mindestens!«

Es war merkwürdig. Als Lotte und Luise im Auto saßen und kaum mitbekamen, wie die Mutter durch die Stadt zum Krankenhaus raste, waren sie traurig und gleichzeitig so froh wie lange nicht mehr. Wenn der Vater überleben würde, wenn er nun endlich mit dem Mittel aufhören würde – ja, wenn er vielleicht genau auf jene Stelle seines Kopfes gefallen war, die ihn für seine Mitmenschen so schwierig machte, und wenn er dann, nach all den schlimmen Dingen, die jetzt passiert waren, ein ganz neuer Mensch werden würde, würden die Eltern sich vielleicht wieder verlieben und alles wäre wieder gut. Beide dachten sie genau diese Sätze in genau dieser Reihenfolge. Aber sie sagten nichts. Sie lächelten sich nur tapfer zu und zerquetschten sich beinahe gegenseitig die Hände.

Die Mutter, Lotte und Luise blieben drei Tage im Krankenhaus, ohne auch nur einen Fuß vor die Tür gesetzt zu haben, denn ebenso lange und ohne Unterbrechung wurde der Vater operiert. Die Ärzte wechselten sich am OP-Tisch ab, es wurde Verstärkung aus den besten Krankenhäusern der Welt eingeflogen, die Presse berichtete über den tragischen Unfall des berühmten Dirigenten, und das Krankenhaus, das Orchester, dem der Vater vorstand und das gesamte Personal des Oberon-Hotels hielten den Atem an. Auf dem weißen Flur aber, der zum Operationssaal führte und über den im Minutentakt Schwestern und Ärzte eilten, durften nur Lotte, Luise und die Mutter sitzen. Sie saßen auf einer weißen Bank, und niemand konnte sagen, ob der Vater leben würde. Sie hielten den Atem an, trösteten einander, streichelten sich den Rücken, legten die Köpfe an die Schulter, die gerade am stärksten war, brachten sich zum Weinen und hielten sich davon ab, erzählten sich Scherze und forderten sich gegenseitig zum Essen und Trinken auf, und es war, als hätte es den großen Streit zwischen den Eltern nie gegeben. Es war, als hätte der Vater die Familie durch seinen Sturz wieder ganz gemacht und ihr gleichzeitig einen unverzichtbaren Teil genommen, und so zitterten Lotte und Luise gleich dreifach. Sie zitterten um das Leben des Vaters, sie zitterten um die Möglichkeit, zu erfahren, ob ihre Hoffnung wahr werden würde, und schließlich zitterten sie um die Hoffnung an sich. Bis endlich – endlich der Oberarzt auf dem Flur erschien und direkt auf sie zukam. Luise, Lotte und die Mutter sprangen auf und sahen gebannt auf das von Schweiß glänzende Gesicht des Oberarztes, der ernst guckte, aber dann doch lächelte und leise: »Er hat es geschafft« sagte. Die Zwillinge begannen auf und ab zu hüpfen, die Mutter schlug die Hände vors Gesicht. Der Oberarzt wollte sofort weitereilen, da rief Luise: »Herr Doktor, ist er denn auch auf die richtige Stelle seines Kopfes gefallen? Also die, die ihn so problematisch gemacht hat?«

»Luise!«, ermahnte die Mutter und guckte streng.

Der Oberarzt wischte sich mit dem Handrücken über die Stirn und nickte. »Die Chancen stehen gut, aber ich kann nichts versprechen«, entgegnete er, drehte sich um und verschwand.

Als Luise, Lotte und die Mutter den Vater dann das erste Mal sehen durften, lag er, von oben bis unten bandagiert und an Armen und Füßen eingegipst, im Krankenbett. Die Augen und der Mund waren das einzige, was noch von ihm zu sehen war, und so beugten sich Lotte und Luise zu ihm hinunter, um sich davon zu überzeugen, dass er auch wirklich ihr Vater war. Beide mussten sie kichern, denn erstens sah der Vater wirklich komisch aus, zweitens waren die vergangenen Tage so schlimm gewesen, dass die Zwillinge nicht wussten, was sie sonst hätten tun sollen, und drittens stand die Mutter hinter ihnen, unsicher, ob sie näher herantreten durfte oder nicht, und es war den Zwillingen peinlich zu sehen, dass ihrer Mutter etwas peinlich war. Lotte war es, die dem Vater dann vorsichtig die bandagierte Stirn küsste, und weil Luise das sehr angemessen fand, machte sie es genauso. Die Mutter ging langsam auf das Bett zu. Behutsam legte sie das Notizbuch und den Füller, den sie die gesamte Krankenhauszeit über bei sich getragen hatte, auf die Fensterbank und trat noch einen vorsichtigen Schritt näher. Luise und Lotte sahen sich an und dann vom Vater zur Mutter. Sie gingen ein wenig zur Seite, um der Mutter Platz zu machen, die unsicher lächelte. Sie legte dem Vater eine Hand auf den rechten Gipsarm, der in einer Schlaufe über dem Bett hing, und dann – Lotte hatte es genau gesehen – lächelte der Vater, soweit es ihm möglich war, und Tränen füllten seine Augen. Die Mutter kniete sich vor ihn, auch sie weinte jetzt, sie näherte sich seinem Mund und Luise und Lotte wollten gerade das Zimmer verlassen, um die beiden nicht zu stören, da ging die Tür auf und ein schwarz befrackter Mann mit einer Geige kam herein. Es war Herr Gäbelein, der Erste Geiger aus dem Orchester des Vaters, und ihm folgten etwa zwanzig weitere Musiker. Dicht gedrängt standen sie im Krankenzimmer und sie spielten die Jazz-Suite No. 2 von Schostakowitsch.

The End

8

Mein Vater lag noch immer auf der Intensivstation, das Buch erschien, und ich wurde in Interviews gefragt, inwieweit es autobiografisch sei. Es war ein schlechter Witz, eine super-realistische Verarschungsparty mit mir als taumelnder Gastgeberin. Das Licht war zu grell, und über meiner Zeit, einem dunklen Tunnel, in dem lauter Einzelteile herumflogen, schwebten Tod (schwarzes Spitzenkleid) und Schuld (violetter Umhang, entzündetes Rückgrat) und feierten Hochzeit, und ich atmete zu schnell. Ich hatte ein schlechtes Gewissen, wenn ich zu Lesungen fuhr. Ich hatte ein schlechtes Gewissen, weil ich das Erscheinen des Buches mit einer Party feierte. Weil ich sie nicht absagte und, als ich betrunken war, Spaß hatte. Ich hatte ein schlechtes Gewissen, weil meine Geschwister in der Zeitung Texte über ein Buch lesen mussten, in dem es um einen Mann geht, der an ihren Vater erinnerte, über dessen Leben zu dieser Zeit niemand eine sichere Prognose abgeben konnte. Manchmal, wenn ich kurz ruhig war, fragte ich mich, wie ich das alles aushalten sollte. Die Antwort war einfach, denn ich bekam davon nicht besonders viel mit.

Es kam kein Ende, wie man das aus Büchern und Filmen gewöhnt ist. Kein Tod, keine Katharsis, und die Ärzte sagten auch nicht, dass er nicht mehr aufwachen würde. Das wäre eine Sache gewesen, die man Menschen, die sich nach seinem Befinden erkundigten, gut hätte erzählen können. Auf den Boden gucken oder vielleicht aus dem Fenster und mit zittriger Stimme sagen: »Leider nicht.« Ein Winona-Ryder-in-der-Irrenanstalt-Gesicht machen, überhaupt nichts sagen, mit dem Kopf schütteln und weinen. Das hätte jeder verstanden. Oder: »Er ist fast wieder ganz gesund, und wir verstehen uns so gut wie noch nie!«

Er war längst wach, aber er war eben nicht da. Und es wurde dann Zeit – so fand ich, möglicherweise, weil ich keine Geschichte hatte für das, was weh tat – es wurde dann Zeit, wieder mitzumachen und zu funktionieren. Reinzupassen. Also nicht auf dem Gleis zu stehen, auf die U-Bahn zu warten und eine nach der anderen vorbeirollen zu lassen, bis es zu spät war. Zu spät für die Verabredung, den Termin oder den Supermarkt. Nein, normal sein, das Glas, das zwischen mir und allem war, durchbrechen. Teilnehmen, ich bitte Sie. Abends pünktlich zu Bett gehen, einschlafen, nicht ständig über Todesarten nachdenken, um Gottes Willen, nein, schlafen, wie alle es tun, selbst die, die viel schlimmer dran sind. Dann: erholt aufwachen und – das ist entscheidend – aufstehen. Steh auf! Ich meine, das ist doch nicht zu viel verlangt.

Es war nicht einfach, aber ich fand Tricks. Wenn ich mich morgens wusch und nach dem Abtrocknen in meinem Gesicht eine Wimper fand, hob ich sie vorsichtig mit den Fingerspitzen auf und wünschte mir etwas (aber ich darf nicht sagen was, sonst geht es nicht in Erfüllung, und es sind noch immer Wünsche offen). Ich legte die Wimper auf den Zeigefinger und ging langsam auf den Balkon, damit sie nicht herunterfiele. Es wäre bequemer gewesen, die Wimper einfach im Badezimmer wegzupusten, aber daran glaubte ich nicht. Der Wunsch musste schon die Chance bekommen, durch die freie Luft zu fliegen. Mir ging dieses Ritual auf die Nerven, denn es quälte mich. Ich weiß nicht, ob es eine deutsche, protestantische, katholische, kapitalistische oder grundsätzliche Idee von Menschen ist, zu glauben, alles was wehtut und entbehrungsreich ist, führe zum Erfolg. Ich jedenfalls glaubte an das Ritual, weil es mich quälte, und es quälte mich besonders, weil es so sinnlos zu sein schien. Denn meistens hatte ich wenig Zeit, auf dem Balkon war es kalt und ich musste mir vorher etwas anziehen. Wäre es nach mir gegangen, hätte ich die Wimper einfach im Bad weggepustet. Aber es half, gerade weil es so sinnlos und quälend war. Weil es morgens in der Eile aufwändig war und ich mich dazu überwinden musste, gegen die Kälte und die Sinnlosigkeit. Wenn du jetzt nicht rausgehst und die Wimper vom Balkon pustest, dachte ich, passiert etwas

Schlimmes. Willst du dir das wirklich vorwerfen müssen? Im Ernst? Nur weil du an einem Morgen zu faul warst, für deinen Vater eine Wimper rauszutragen? Findest du albern? Natürlich ist das albern. Aber woher willst du wissen, dass es nicht doch hilft, ein kleines bisschen wenigstens. Wenn du nichts tun kannst, dann tu doch wenigstens das.

Ich hatte Einwände, aber es war mir zu anstrengend zu diskutieren, also tippte ich mir vor dem Spiegel an die Stirn, nahm meinen Bademantel und ging auf den Balkon.

Weil fünf meine Lieblingszahl ist (eine blaue Zahl; ganz, weil nur durch sich selbst teilbar; rund, also freundlich; außerdem war ich mit fünf noch nicht in der Schule, mit fünf war also noch alles gut gewesen, und dann war der Unfall am 16. Februar gewesen, am 15. war also noch alles gut gewesen), versuchte ich tagsüber möglichst viele Fünfen zu sammeln. Einen Zug zu meinem Vater nehmen, der zu einer Uhrzeit fährt, in der irgendeine Fünf vorkommt, einen Sitzplatz buchen, dessen Nummer eine Fünf enthält. Fünf-Cent-Stücke besonders gut behandeln, das heißt, nicht so tun, als wären sie nicht da und sie Ewigkeiten im Portmonee warten lassen, wie ich das sonst immer getan hatte. Sondern immer versuchen, die armen Fünf-Cent-Stücke für gute Sachen auszugeben, also bloß nicht für Zigaretten. Die neuerliche Würdigung von Kleingeld schien mir außerdem schlüssig, weil mein Vater Kleingeld immer wie etwas Wertvolles behandelt hatte, und insofern tat ich in doppelter Hinsicht etwas Gutes. Ferner rief ich Menschen zurück, mit denen ich eigentlich nicht sprechen wollte, weil ich hoffte, dadurch ein guter oder ein bisschen besserer Mensch zu sein, der es nicht verdient hatte, einen Vater zu haben, der nicht mit ihm sprach. Ich rief die Menschen zu einer Irgend-was-mit-Fünf-Uhrzeit an. Ich gab Menschen, die auf der Straße wohnten und um Geld baten, erstens etwas und zweitens irgendwas mit fünf. Fünfzig Cent, ein Euro und fünf Cent, fünfundfünzig Cent, zwei Mal sogar fünf Euro, und es war so, als seien die Straßen plötzlich voll von Menschen, die Geld brauchten und als würden wir, sie und ich, uns mit Sicherheit finden.

Meine wichtigste Kategorie in jener Zeit war »gut«. Gut ist ein Kinderwort, gut ist nicht falsch, für gut gibt es Belohnungen von Lehrern oder von Gott. Gut verspricht einen Zusammenhang zwischen dem, was man tut, und dem, was darauf folgt. Gut heißt »heile« und benennt das Gegenteil der roten Wunde, die ich fürchtete und die unbeschreiblich sein würde.

Das Fünfen- und Wimpern-Sammeln erforderte Kon-zentration und Ausdauer. Es legte den an sich kontur-losen Tagen ein paar Sprossen zwischen die beiden ver-schwommenen Balken (das Aufwachen und Einschlafen, das schlecht funktionierte). Es bestand kein Zusammen-hang zwischen den Fünfen, den Wimpern und dem Zu-stand meines Vaters, aber es half. Auch und gerade wegen der Winzigkeit dieser Medizin. Es war wie es war, es war: *pointless*. Ich konnte nichts tun. Es ging um alles. Und ich hatte Wimpern und Fünfen als Waffe.

In der amerikanischen Serie *Hand of God* geht es um den korrupten Richter Pernell Harris, dessen Sohn versucht hat, sich durch einen Kopfschuss umzubringen, nachdem er dabei zusehen musste, wie seine Frau vergewaltigt wird. Der Sohn liegt im Koma und wird von Maschinen am Leben gehalten. Am Bett seines Sohnes beginnt Pernell Harris, dessen Stimme zu hören. Er meint, Handlungsanweisungen zu empfangen, und glaubt, dass es Gott ist, der ihm durch seinen Sohn den richtigen Weg weist, was in seinem Fall vor allem bedeutet, den Vergewaltiger seiner Schwiegertochter zu finden. Und seine Frau nicht mehr zu betrügen und sich nicht mehr bestechen zu lassen. Es bedeutet jedoch auch, dass er Anweisungen empfängt, die ihm sagen, dass er Menschen, die er für die Vergewaltiger hält, umbringen soll. Zwar glaubte ich nicht, dass es Gott war, der mir die Sache mit den Fünfen und der Wimper auftrug, aber im Grunde habe ich auf die gleiche Weise wie der korrupte Richter reagiert, als eine bestimmte Grundannahme seines Leben zerstört wurde, nämlich: Jemand, den ich liebe, kann nicht einfach so verschwinden, das ist ungerecht. Als ich glaubte, mir sei Unrecht widerfahren, begann ich an die Zeichenhaftigkeit der Welt zu glauben (natürlich niemals offiziell, nie mit meinem Verstand), während ich, als meine Welt noch intakt war, immer über Zeichen gelacht hatte. Ich begann, das Leben wie einen Roman zu lesen.

Während ich für meinen Vater Wimpern sammelte, starben Menschen, die nach Europa wollten, zu Hunderten auf dem Mittelmeer. Ich sammelte Wimpern für meinen Vater, und dabei musste ich an jene Menschen denken. Es ist so: Wenn man Angst davor hat, jemanden, den man liebt, zu verlieren, hat man eine Narbe, die zieht, wenn das Wetter umschlägt, das heißt, wenn anderen etwas Schlimmes passiert oder es ihnen schlecht geht. Nun ist es ebenfalls so, dass es ständig irgendwelchen Menschen schlecht geht, insbesondere, wenn man das sehen will oder nicht anders kann, als es zu sehen. Das heißt, es zieht unaufhörlich und beinahe unterschiedslos. Morgens der Bäcker sieht von Tag zu Tag schlechter aus, am Ende wird er ein graues Streichholz mit schwarzem Kopf sein, das sich zur Seite krümmt. Ich bin sicher, ich sehe, er hasst, was er tut, aber er muss den Apparat, der an ihm hängt (die Frau, die Kinder, die kranke Mutter) am Laufen halten, um ihn bezahlen zu können. Ich könnte auch die lachende Frau mit den Hortensien im Arm sehen, die gerade vorbeiläuft, und dabei zu dem Ergebnis kommen, dass es Menschen gibt, denen es gut zu gehen scheint, aber ich sehe sie nicht, ich sehe den Bäcker mit dem verbrannten Kopf. Oder den Hund, der von seinem Besitzer vor der Bäckerei angeleint und zurückgelassen wird. Der Hund ist traurig und allein, weil sein Besitzer kurz nach drinnen gegangen ist. Der Hund weiß nicht, dass sein Besitzer wiederkommt, und fiept, und jetzt lache ich zwar leise, aber es tut mir leid, es zieht. Später kommt mein Freund Frank vorbei und starrt in seinen Kaffee, als würde er sich beim Ertrinken zusehen. Und da auf der gegenüberliegenden Straßenseite liegt ein Mann auf dem Boden, weil er vom Fahrrad gefallen ist. Leute kümmern sich schon um ihn, es scheint nicht so schlimm zu sein, aber es zieht. Es zieht, wenn ein Krankenwagen vorbeifährt und einem das Martinshorn die Schädeldecke durchsägt. Ein Mann oder eine Frau? Alt, jung? Wie schlimm? Wer sagt der Familie Bescheid und welche Scheiße hat diese Familie nun genau zu erwarten? Jemand hat Krebs und es zieht. Du lieber Himmel, dachte ich, denk mal an die Flüchtlinge. Da müsste es bei dir so richtig ziehen!

Ich fand diesen Gedanken albern. Nun ist dein Vater also beinahe gestorben, und dann willst du dich in die Flüchtlinge einfühlen, von denen du wirklich überhaupt keine Ahnung hast? Ich fand, dass mir ein Ziehen ihretwegen nicht zustand, und diesen Gedanken mochte ich noch weniger. Weil er schlimmes Leid mit einem Leid verglich, von dem ich zu wissen glaubte, dass es nicht so schlimm sei. Weil dem Gedanken eine Klassifizierung von Leid vorausgegangen war und ich diesen einen Satz, der einem als Kind früh und häufig gesagt wird, nie mochte: »Andere Kinder haben nichts zu essen, und du beschwerst dich?« Ich finde den Satz noch immer falsch, weil er eine Demut lehrt, die sagt, dass man zufrieden sein soll; sie sagt, dass das eigene Leid nichts wert sei, sie bewertet Leid, und für Leid, das nichts wert ist, findet man keine guten Worte (was möglicherweise ein Grund dafür ist, dass Menschen aus urbanen, gesicherten Zusammenhängen, wenn sie über ihr Leid schreiben, häufig diesen verschämten Ton haben). Der Satz fordert eine Demut, die ein schlechtes Gewissen verstecken soll, und wer ein schlechtes Gewissen hat, verhält sich meistens idiotisch und ungeschickt. Er glaubt, jemand anderem etwas angetan zu haben, und gehört dadurch, zumindest teilweise, zu einem Machtgefüge, an dessen oberes Ende er sich stellt, ob er will, oder nicht. Der Anderen-geht-es-viel-schlechter-Satz entsteht eigentlich aus dem Bedürfnis heraus, das eigene Leben und seinen Reichtum genießen zu dürfen, was aber erst dann erlaubt und möglich ist, wenn der Satz mitgedacht wird. Der Satz ist die Erlaubnis für den gelegentlich leicht bitter schmeckenden Genuss, das Leben hier leben zu dürfen. Aber meistens ist man (bin ich) gar nicht in der Lage, es zu genießen, und bekommt deswegen ein noch schlechteres Gewissen, kann aber diesem Genuss weder entsagen noch hat man ihn zu verantworten. Das Leid der Anderen immer mitdenken zu wollen, dachte ich, ist größenwahnsinnig und verlogen, zwang mich aber nun, jede zweite Wimper für die Flüchtlinge auf den Balkon zu tragen. Weil ich nicht wusste, was ich tun sollte, weil ich traurig war und Angst hatte, und irgendetwas tun musste.

Menschen in Filmen wollen niemals Mitleid. Wenn ihnen jemand sagt, dass ihm etwas, das sie betrifft, leid tut, werden sie sauer. Sie werden sauer, verlassen das Zimmer und knallen mit der Tür, weil ihnen diese Aussage sagt, dass sie ihr Leben nicht beherrschen und möglicherweise Hilfe brauchen. Dass sie die Kontrolle verloren haben und schwach sind. Dabei kann der Satz »Es tut mir leid« auch etwas Schönes meinen (vorausgesetzt, der eigene Kopf übertreibt es damit nicht). Der Satz kann bedeuten, dass man Schmerzen bekommt, wenn andere Schmerzen haben. Der Satz sagt nicht, dass es die gleichen Schmerzen sein müssen. Und er sagt auch nicht, dass man sich in ihnen auskennt.

Für das Schreiben ist dieser Gedanke wichtig. Er sagt, dass man nicht alles, was man schreibt, erlebt haben muss. Als ich nicht wusste, wie es weitergeht, habe ich mir Geschichten erzählt. Aber ich kenne keinen Raps, keinen Karl; Lotte und Luise kennt jeder, und genauso ist auch keine der Situationen, die Romy und ihre Geschwister in meinem zweiten Roman erlebt haben, so passiert, das heißt, ich habe diese Situationen so nicht erlebt. Ich habe diese Menschen und Geschichten genommen, ich habe sie ausgesucht, aus guten Gründen, und sie so geformt, wie ich die Dinge sehe und wie ich glaube, dass sie sich zueinander verhalten. Trotzdem schreibt man, egal, was man erzählt, sich selbst und was man sieht, weswegen ich die Frage, ob ein Text von mir autobiografisch sei, nie beantworten konnte. Ich habe sie nicht einmal richtig verstanden.

Während ich das hier schrieb, schalteten sie im Krankenhaus eine Maschine nach der anderen aus. Langsam, ohne Garantie für ein gutes Ende. Kein Prozess mit linearem Verlauf. Der Tubus wurde entfernt, die Magensonde, der Katheter, schließlich die Trachialkanüle. Mein Vater hatte überlebt, das sah ich, aber niemand konnte mir sagen, ob der Vater, den ich kannte, zurückkommen würde. Ich sah den Pflegerinnen und Ärzten dabei zu, wie sie ihn untersuchten oder seine Liegeposition änderten. Ich hörte die an ihn gerichteten lauten und überakzentuierten Ansprachen und sah seine schwache Reaktion. Ich mochte nicht, wie sie mit ihm sprachen, weil es klang, als wäre er ein krankes Kind oder ein kranker Kindergreis und nicht mein Vater. Aber sie sprachen mit allen Kranken so, auch mit mir, das war der Kasten. Erst Monate nach dem Unfall begann ich, ihre Sprache und Zeichen zu erfassen. Intensivstation heißt Lebensgefahr. Wenn die Ärztin den Zustand meines Vaters mit professioneller Miene »kritisch« nennt, heißt das, er könnte sofort sterben. Sagt sie, er ist »wackelig stabil«, bedeutet das, dass er nicht in akuter Lebensgefahr ist, dass sich dies aber jeden Moment ändern könnte. Erst nachdem mein Vater wieder aufgewacht und immer *stabiler* wurde, begann ich zu begreifen, dass er fast gestorben wäre. Das wusste ich die ganze Zeit über, aber nun, da die Lebensgefahr vorbei war, bekam ich erst wirklich Angst vor ihr. Die Erinnerungen daran machten mich verzweifelter, als ich es in der Situation je war, und ich fürchtete bei jedem Anruf, dass einem meiner Geschwister etwas passiert sei. Seit dem Unfall sagte ich ihnen immer, wenn wir uns verabschiedeten, dass sie vorsichtig sein sollten, und kam mir dabei blöd vor. Weil der Satz eine Floskel ist, die nicht ausdrückte, worum es mir ging, nämlich, dass sie bitte nicht sterben sollten. Und weil ich mich fragte, wie das gehen sollte: vorsichtig sein, vorsichtig leben.

Mein Vater war zwar nicht tot, aber es war nichts gut. Ich fand mich undankbar und schämte mich dafür, aber für mich war nichts gut. Er sollte wieder laufen, essen, sprechen, mich erkennen können; er sollte so laufen, essen und sprechen können wie früher; mich erkennen aber sollte er besser als früher. Die Annahme, die diesem Wunsch zugrunde lag, war, dass der Schmerz und die Angst für irgendetwas gut gewesen sein muss. Für mich hatte es bis zu diesem Punkt keine Lösung gegeben, und ich bestand auf einer Lösung.

An den Moment, in dem er das erste Mal die Augen aufschlug und mich erkannte, erinnere ich mich nicht, weil es ihn so nicht gab. Ich glaube, es gab mehrere Momente. Vielleicht blinzelte er einmal, sah mich an, und ich glaubte, auf seinem Gesicht ein Lächeln erkannt zu haben. Später, als er die Augen länger aufhalten konnte, nickte er, als ich ihn fragte, ob er wisse, wer ich sei. Vielleicht fragte ich mich dann, wie ich mir sicher sein konnte, dass er mich wirklich erkannt hatte. Was er sagen würde, wenn er sprechen könnte. Ob seine Worte Sinn ergeben würden. Es gab noch viel zu hoffen, es gab viele Wünsche, die noch offen waren. Und obwohl ich wusste, dass ich nicht in der Position war, um Forderungen zu stellen, formulierte ich sie unaufhörlich, weil ich es nicht gewohnt war, dass mein Leben nicht das tat, was ich von ihm verlangte. Weil ich es gewohnt war, dass Anstrengung und Mühen entschädigt werden.

Ich erwartete zu viel, auch von meinem Vater. Später konnten wir ihn im Rollstuhl auf die Terrasse des Krankenhauses schieben. Es war ein kalter Tag, und die Wolken am Himmel bewegten sich, als würden sie schlecht schlafen. Während wir den Rollstuhl schoben, sah mein Vater starr geradeaus, und ich bemerkte, dass ich mit ihm genauso sprach wie die Ärzte und Pfleger. Zu laut und zu deutlich und »Jetzt holen wir dir mal eine Decke«. Wir? Ich holte die Decke, weil er es nicht konnte. Ich verfiel automatisch in diese Sprechweise für Kranke, weil ich ein Drehbuch brauchte.

Wir setzten uns an einen Tisch, und mein Vater sah weiter starr geradeaus. Er hätte etwas sagen können, aber er sagte nichts. Ich aber hielt diesen Moment für den Augenblick, in dem er etwas hätte sagen sollen. Er lebte, er konnte sprechen, wir waren das erste Mal draußen. Wie ging es ihm? Liebte er mich genauso wie ich ihn seit Monaten liebte? Hatten ihm diese Monate gezeigt, wie sehr er geliebt wurde? Hatte diese Liebe seinen Kopf geheilt, nicht nur physisch, sondern auch psychisch, ein kleines bisschen vielleicht?

Er sagte nichts und sah geradeaus. Er war einer, der gerade zu verstehen beginnt, dass er auf der Welt ist. Er konnte nicht wissen, wie sehr er von den Menschen, die an seinem Bett gesessen hatten, geliebt worden war, weil er die meiste Zeit nicht bei Bewusstsein gewesen war. Er konnte nichts wissen von dem Schmerz und der Angst. Ich aber stellte ihm dort draußen auf der Terrasse unaufhörlich Fragen, die er erschöpft und einsilbig und manchmal überhaupt nicht beantwortete, und es dauerte wieder Monate, bis ich verstand, dass nicht er, sondern meine Erwartungen und mein Wille zu einem guten Ende das Problem waren. Es tat mir dann sehr leid.

Vor dem Unfall wusste ich, dass es für mich keinen Gott gibt; ich wusste, dass die Vorstellung, man könne sein Leben *machen*, größenwahnsinnig ist, weil es Dinge gibt, die man nicht beeinflussen kann; ich wusste, dass ich das Leben nicht lesen kann wie einen Roman, in dem Zeichen versteckt sind, und ich wusste, dass Drehbücher und Geschichten keine Prognosen sind für das, was vor einem liegt. Ich wusste all das vor dem Unfall, ich wusste es während der Zeit, in der nichts sicher war, und ich weiß es jetzt. Aber ich weiß nicht, ob und vor allem wie ich diese Zeit überstanden hätte, wenn ich nicht davon ausgegangen wäre, dass es anders wäre. Ich weiß nicht, was ich ohne diese Geschichten gemacht hätte. Und ich weiß auch nicht, was ich ohne das Schreiben gemacht hätte.

9

Gestern rief mich mein Vater an, es war das erste Mal seit fünf Monaten. Wir sprachen etwa fünf Minuten. Ich finde, das klingt wie ein gutes Ende, und so will ich hier aufhören.